LA VENGEANCE

DE

MADAME MAUBREL

PAR

XAVIER AUBRYET

PARIS

E. DENTU, ÉDITEUR

LIBRAIRE DE LA SOCIÉTÉ DES GENS DE LETTRES

et de la Société des Auteurs dramatiques

PALAIS-ROYAL, 17 ET 19, GALERIE D'ORLÉANS

LA VENGEANCE

DE

MADAME MAUBREL

DU MÊME AUTEUR

LA FEMME DE VINGT-CINQ ANS.
LES JUGEMENTS NOUVEAUX.
LES PATRICIENNES DE L'AMOUR.
LES REPRÉSAILLES DU SENS COMMUN.
LA RÉPUBLIQUE ROSE.
MADAME ET MADEMOISELLE.

LA VENGEANCE

DE

MADAME MAUBREL

PAR

XAVIER AUBRYET

PARIS

E. DENTU, ÉDITEUR

LIBRAIRE DE LA SOCIÉTÉ DES GENS DE LETTRES

PALAIS-ROYAL, 17 ET 19, GALERIE D'ORLÉANS

—

1873

LA
VENGEANCE
DE MADAME MAUBREL

I

UNE LACUNE REGRETTABLE.

Il y a un Don Juan que les grands poëtes ont oublié; s'il était encore permis de citer Musset sans s'entendre accuser de bonapartisme, nous n'irions pas jusqu'à dire :

> Il en est un plus grand, plus beau, plus poétique,
> Que personne n'a fait, que Mozart a rêvé,
> Qu'Hoffmann a vu passer au son de sa musique,
> Sous un éclair divin de sa nuit fantastique.
> Admirable portrait qu'il n'a point achevé
> Et que de notre temps Shakespeare aurait trouvé.

Le Don Juan qu'il serait équitable de présen-

1

ter au public pour réparer les injustices de l'opinion à l'égard des séducteurs, est un type plus
modeste et plus humain ; c'est le voyageur à la
poursuite de l'idéal et qui s'engage avec sincérité
dans les défilés de la passion. Il est sincère ;
qu'il rencontre la femme capable de fixer sa vie,
il déposera pour toujours sa valise et deviendra
le plus sédentaire de tous les hommes ; une première figure se présente, notre héros croit avoir
rencontré sa compagne définitive ; il s'arrête,
mais l'illusion ne dure pas et il reprend son
chemin. Une seconde apparition l'attire ; cette
fois il espère pouvoir se donner pour tout de
bon, car il n'a qu'une ambition, se délivrer de
lui-même. Hélas ! le sublime appareillement
qu'il imaginait ne se réalise point, et une voix
secrète crie implacablement à cet autre Juif-
Errant : Marche ! marche ! ou plutôt : Cours !
cours !

Brisé de fatigue, il se dit : « Le repos est peut-
être là-bas, auprès de cette tête blonde. » Et au
moment où il va goûter les délices de la halte,

une tête brune l'appelle irrésistiblement. Que de
fois, pendant ce long itinéraire, il tressaille en
murmurant : « C'est ELLE ! » *Elle,* la créature légi-
timement due à cet amoureux de l'amour, car il
y a la *femme promise,* comme il y a la terre
promise, et nous sommes tous des pièces de monnaie — or ou cuivre — qui divisées en deux avons
le droit de réclamer exactement l'autre moitié.

Non ! malheureux pèlerin, ce n'est pas encore
elle, et tu n'arriveras pas à cette suprême harmonie qui compléterait ton être ; un Génie perfide se joue de tes combinaisons les plus habiles
et de tes candeurs les plus zélées ; celle-ci, il t'est
permis de l'aimer avec ton cœur, mais il t'est
défendu de l'aimer avec tes sens ; celle-là, c'est
la maîtresse charnelle, mais elle n'a pas un baiser pour ton *moi* moral ; cette autre est séddui-
sante aux yeux du vulgaire, mais elle froisse se-
crètement tes instincts d'artiste, car, pour ton
malheur et ta félicité en même temps, tu es né
avec cette seconde vue de la beauté corporelle,
qu'on appelle le sens plastique : une *attache*

gauche, une oreille trop spacieuse (il y a l'oreille
d'*Ostende* et l'oreille *pied de cheval*) ont rompu
le charme au moment le plus décisif.

Avec cette troisième, tu allais t'élancer dans
les régions les plus sidérales, quand une taqui-
nerie de sa bottine neuve l'a fait parler de son
pédicure, et à l'instant, image affreusement
grotesque, tu t'es représenté ces portraits de
praticiens célèbres encadrés dans une guirlande
de durillons extirpés sans douleur. Le pied de
la femme ne doit pas être soupçonné.

Cette dernière, avec son regard d'une si pé-
nétrante noblesse, admire si ingénûment tout ce
qui est faux et criard, que tu arrives, malgré
toi, à ce résultat étrange : prendre un séraphin
en horreur.

C'est alors, après des demi-déceptions que tu
aurais dû te trouver la force de surmonter, car
après tout la femme n'est pas parfaite, c'est alors
que tu es atteint de cette terrible affection qui ne
pardonne plus, si elle n'est pas énergiquement
prise au début : *la maladie du changement.*

II

LE BARON DE CREIL.

On finira par ne plus se promener sur le boulevard, tant il devient la petite Provence de
Belleville et tant le haut du pavé appartient
aux chapeaux mous et aux *consommatrices* qui
s'offrent des *tournées* de passants. Mais au temps
où la grande maison Zidore, Polyte et Cᵉ, émeute
et galanterie au plus juste prix (affranchir), n'en-
combrait pas encore l'asphalte de ses produits
suspects, vous avez dû rencontrer dans cette

zone spéciale, qui s'étend entre le passage dé
l'Opéra et le nouveau Jockey-Club, un grand
jeune homme, ni beau, ni laid, mis comme tout
le monde devrait être mis, et qui avait l'air très-
préoccupé.

Attendait-il la cote du jour? Était-il sous-
préfet en disponibilité, ou soupirait-il après la
décentralisation? Est-ce l'ambition ou les affaires
qui allumaient ces yeux noirs savamment cernés?

Il avait une profession bien douce : il regardait
passer les femmes.

Lesquelles?

N'ayez pas peur; il ne s'occupait ni des pré-
tentieuses, ni des vulgaires, ni des insignifian-
tes; mais depuis la fraîche provinciale nouvelle-
ment mariée, jusqu'à la petite Parisienne qui
trouve le moyen de s'habiller d'une façon exquise
avec une robe de onze francs; depuis la comé-
dienne en vue jusqu'à la bourgeoise obscure;
depuis la grande dame jusqu'à la corsetière, celui
qui fut notre héros ne laissait rien échapper de

ce qu'on pourrait appeler les bonnes fortunes de
la vue.

D'autres concentrent toute leur attention sur
les chevaux qui feignent de s'emporter quand ils
se sentent une galerie ; ceux-ci s'attachent aux
pas des orateurs célèbres, car nous avons maintenant le *Monsieur qui suit les avocats;* ceux-là
vous poussent du coude en vous glissant d'une
voix mystérieuse : Edgar Quinet !

— Qu'est-ce que cela me fait, votre Edgar
Quinet ? répondait l'excellent garçon dont nous
allons écrire l'histoire, vous m'avez empêché de
voir cette délicieuse blonde qui est au bras de ce
giaour. Quelle admirable taille ! comme elle marche bien !

Et il aurait volontiers pris une voiture pour la
rattraper.

Comme ses amis — le terme est consacré —
le plaisantaient sur cette spécialité d'observation :

— Vous examinez soigneusement ce qui est
ingrat d'aspect, répondit-il, permettez-moi de

jeter un furtif coup d'œil sur ce qui est ravissant.
Je donnerais la vue, de face de trente académi-
ciens, de quarante députés et de quinze étrangers de distinction pour le simple profil d'une
jolie demoiselle de magasin; c'est une manie fort
respectable.

Avril et octobre sont, à Paris, les deux épo-
ques privilégiées où a lieu le plus splendide
passage de Françaises : blanches Picardes, Bour-
guignonnes sanguines, nerveuses Languedocien-
nes, fines fleurs des petites villes et des châteaux,
indigènes qui ne se laissent voir de près que
dans les grandes occasions, comme ces reliquai-
res qu'on ne montre aux fidèles qu'aux fêtes
importantes, fiancées qui viennent acheter leur
trousseau, jeunes mères qui promènent avec fierté
leur premier enfant, beautés inconnues et exqui-
ses qu'on aperçoit une seule fois et qu'on ne re-
trouvera plus jamais, enchanteresses de l'espace
qui font des journées les plus maussades autant
d'*embellies*, musée vivant qu'on quitte, les yeux

richement approvisionnés de grâce et de prestige
pour supporter le jeûne des autres mois.

Avant d'être le chercheur inquiet que nous
connaissons, Villevierge avait pratiqué avec bonne
foi l'essai loyal en matière de liaisons féminines;
disons d'abord que, n'étant pas précisément une
nature d'insurgé, son premier soin avait été d'o-
béir à la société en cherchant à devenir, comme
tout le monde, bon père et bon mari. A deux
reprises, il s'était commandé un habit de noces
qu'il dut user dans des soirées assez profanes.
La première fois, il allait épouser la fille d'un
puissant bouilleur de crû, lorsqu'au moment de
publier les bans le futur beau-père, profitant
de la mort de sa femme, déclara qu'il ne voulait
pas de cérémonie religieuse. Villevierge, élevé
par une mère chrétienne, souhaita à l'usinier un
bon enterrement et s'éloigna avec regret de mademoiselle Juliette Saint-Thomas, devenue depuis
la femelle d'un de nos principaux athées.

Villevierge accorda une revanche à l'idée con-

1.

jugale dans la personne de mademoiselle Marthe
de Vandières, une petite amie d'enfance qu'il
voyait grandir avec ravissement. La question de
fortune les avait d'abord séparés ; mademoiselle
de Vandières était beaucoup plus riche que Villevierge, mais un bienheureux revers (une maison
de banque qui écrivait à ses actionnaires cette
circulaire philosophique : « Enfin, nous avons fait
faillite! ») venait de rétablir l'égalité, et Villevierge,
fut promu au grade de fiancé.

Fiancé ! quel état de béatitude terrestre ! c'est
le stage du paradis. Les autres femmes n'exis-
tent plus pour vous ; la neige de roses blanches
qui tombe sur votre imagination intercepte la vue
des laideurs humaines ; la contagion de l'innocence vous refait une virginité. On n'était content
de rien, on se retrouve heureux de tout ; ce qui
vous ennuyait vous enchante ; les corvées deviennent délices ; le concert de Gandolfo, le terrible
pianiste qui semble dire au bon Dieu :

Et maintenant, seigneur, expliquons-nous tous deux,

le sermon du P. Hyacinthe sur les unions tardives, la séance du Comité pour l'amélioration des valets de chambre, tout vous captive, on se laisserait presque aller à prendre le *sein de la commission*, car les commissions à notre époque sont ce qu'était l'agriculture sous feu M. de Sully : les mamelles de la France ; on trouve des notes suaves pour répondre aux importuns ; on appellerait son assassin, mon ami ; d'ailleurs, le destin vous accorde une trêve ; un fiancé est un être sacré, même pour les vipères de profession : on n'est plus mordu qu'à demi-venin ; en quelque endroit désolé que ce soit, l'Odéon, le jour de l'ancien répertoire, ou le salon de madame de Zanzibar, où l'on joue les proverbes refusés, il y a un céleste regard — étoile brillant pour un seul — qui illumine toutes vos misères.

Mademoiselle de Vandières était à dix-sept ans une transition délicieuse entre le sylphe et l'être humain. Sa taille eût tenu entre dix doigts de femme ; les mains des danseurs ordinaires eussent fait deux fois le tour de sa mignonne ceinture : Villevierge ne fut pas surpris lorsque madame

de Vandières, une femme d'État, lui dit du ton
le plus aimable :

— Marthe est encore bien jeune; il faut attendre un peu. Allez donc surveiller nos intérêts à
la Martinique.

Villevierge, que la traversée du Pas-de-Calais
rendait affreusement malade, accepta héroïquement ces dix-huit jours de mal de mer; du reste,
l'Océan, qui se pique quelquefois de coquetterie,
le traita relativement avec assez d'égards. Le bâ-
timent portait un nom de bon augure; il s'appelait
le Conservateur libéral.

Lorsque notre voyageur revint à l'entrée de
l'hiver, il trouva Marthe engraissée d'une façon
saisissante, et il crut devoir presser sa belle-
mère.

— Marthe est encore bien jeune, répondit madame de Vandières avec solennité; mon mari et
moi avons décidé que nous ne vous la confierions
pas avant qu'elle ait ses dix-neuf ans bien son-
nés.

— Je suis à vos ordres, madame, répondit

Villevierge, qu'une scarlatine retint justement chez lui pendant deux mois, au lendemain de ce mémorable entretien.

On sait quel admirable isoloir constitue la scarlatine aux pauvres malades ; vos créanciers eux-mêmes ne viendraient pas vous voir. Lorsqu'a-près plusieurs séries de quarantaines, Villevierge fut admis à faire sa rentrée dans la société, sa première visite fut pour les Vandières ; est-ce parce que lui-même était diminué, mais sa fian-cée lui parut considérablement augmentée.

— Croyez-vous, demanda-t-il d'une voix émue à madame de Vandières en lui montrant sa fille, dont le progrès inquiétait les couturières, que Mlle Marthe n'ait pas encore dix-neuf ans ?

— Votre cœur avance, mon gendre, répliqua la maîtresse-femme, mais vous n'avez plus que cent trente-huit jours à patienter ; tenez, dit-elle, j'avais prévu cette *furia francese :* j'ai intérêt à ce que ma fille n'épouse qu'un homme entière-ment neuf ; voici votre nomination en règle, vous êtes consul à Hammerfest.

— Vous me comblez; mais la Norwége!...

— Un pays où l'on ne badine pas, allez!

Villevierge boucla sa malle avec rage et se décida à aller apprendre la langue verte aux phoques.

Il obtint comme dédommagement de correspondre avec sa fiancée sous le contrôle de madame
de Vandières; il lui écrivait des lettres charmantes, à la fois parisiennes et boréales; Marthe lui
répondit en lui envoyant sa belle écriture anglaise;
mais fût-ce une illusion? il sembla à Villevierge
que les lettres grossissaient.

Un congé de quinze jours lui permit de vérifier
cette hypothèse; plus de doute, mademoiselle de
Vandières cessait d'être ce rêve de sveltesse qui
eût rendu jalouses les Vierges de missel : l'élégante tourelle devenait une tour massive. Villevierge, alarmé, hasarda timidement à sa belle-
mère le conseil de penser pour Marthe au régime
Banting; madame de Vandières répondit :

— Je vous avais fixé la date de dix-neuf ans ;
j'entends ne point marier Marthe avant sa majorité; elle est encore trop jeune!

— Et moi je suis trop vieux, riposta Villevierge en se levant ; j'ai l'honneur, madame, de
vous rendre votre parole.

Il était temps ! Mademoiselle de Vandières était
atteinte de cette affection ridicule qu'on appelle
l'obésité galopante.

Lorsque Villevierge la revit, une année plus
tard, il frémit en pensant qu'il aurait pu être le
mari d'un phénomène.

Comme le vent qui se plaît à éteindre les bou-
gies, le Hasard s'amusait à éteindre pour ce candidat de bonne volonté *les flambeaux de l'Hymen*
(vieux style). Villevierge, découragé, ne songea
plus à les rallumer.

III

LE CÉLIBAT-MORBUS.

La vie est comparable au fruitier où l'on met
Non pas le fruit qui tient, mais le fruit qui promet.
ODÉON.

Il y a, pour ceux qui n'entendent pas faire des
spéculations *in extremis,* une période dans la vie
qui équivaut à un état de grâce pour l'accomplis-
sement des grands devoirs ; on ne voit, par exemple, que la poésie du mariage, on ne daigne pas
en regarder la prose ; on a de plus la foi du voyageur nouveau qui s'embarque pour une traversée
inédite ; on ne compte ni les bourrasques, ni les

flots, et parfois l'on arrive au port à la grande
surprise du *Bureau-Exactitude*.

Si vous laissez passer ces précieuses années, la
vocation de la famille s'émousse petit à petit, les
désenchantements que vous coudoyez mortifient
tout doucement votre faculté d'illusion ; vous n'ê-
tes plus mûr que pour le célibat, et, semblable à
l'égoïste sédentaire qui frissonne en pensant aux
naufrages évités, vous murmurez en voyant passer
tel couple qui fait l'effet de deux compagnons de
chaîne : Je l'ai échappé belle ! Faut-il des catas-
trophes pour amener ce cri du cœur ? Non, les ac-
cidents ordinaires suffisent.

Celle-ci était l'élégance même, et aujourd'hui elle
se laisse effrontément aller à la négligence voyante.
« Bah ! c'est toujours bien assez bon pour la maison, » lâche-t-elle en remettant une robe fanée qui
a l'air de lui avoir été donnée par sa femme de
chambre; et il y a des instants où, avec son ac-
coutrement qui bâille, cette fleur jadis si soignée
produit — sauf votre respect, ô mes lectrices —
l'impression d'une pomme de terre en chemise.

Celle-là était l'une des plus brillantes élèves de
Chopin ; aujourd'hui elle déploie un acharnement
extraordinaire à *repriser* des bas ; lui-même, le
plus sympathique des Polonais (hélas ! aujour-
d'hui ce n'est plus la Pologne, c'est la France
qu'il faut reconstituer), l'incomparable maître res-
susciterait qu'il n'arracherait pas son ancienne
interprète à ce labeur bizarre, car elle troue exprès les bas pour avoir le bonheur de les rac-
commoder ; son piano muet reste scellé comme
un cercueil, et l'on y inscrirait volontiers : Ci-gît
une merveilleuse musicienne. Quand le mari lui
dit d'une voix douce : « Chérie, joue-moi donc
cette *berceuse* que j'aimais tant à entendre quand
je te faisais la cour, » elle lui répond aigrement :
« Voulez-vous donc que j'aille les pieds nus ? »

Cette troisième appartient tellement à ses enfants, qu'il ne lui reste plus un sourire pour son
mari ; il se sent devenir encombrant dans sa propre maison ; il ressemble à ces pauvres portraits
de famille, qui sont menacés de se voir remonter
dans le cabinet de débarras ; que lui demande-t-

on, à ce *maître de la maison*, qui est l'esclave de
tout le monde ; qu'il solde silencieusement les
mémoires. On le tolère comme caissier ; il lui est
permis d'ouvrir le tiroir aux billets de banque, mais
il lui est défendu d'ouvrir son cœur ; et le jour où
il ne *rapporte* plus, on affecte de le regarder
comme une *bouche inutile*, — même pour les
baisers !

Tel n'est pas le sort apparent de cet ami de
collége. Marié depuis cinq ans, il semble ce que
le vulgaire appelle : adoré de sa femme. Mais il
y a des natures qui ont la caresse banale et sur
lesquelles glissent les plus solides étreintes, comme ces jongleurs qui, d'un gracieux mouvement
de corps, échappent aux liens les plus formida-
bles ; elle ne le tromperait peut-être pas, mais elle
n'aime en lui que l'*exécutif* en place, et il peut lire
clairement dans ces yeux si tendres qu'elle se remarierait le lendemain légal du jour où la mort le
destituerait ; tout ce qu'elle pourrait faire, ce serait de déposer en signe de deuil son faux chignon dans la bière de palissandre, où elle arran-

gerait coquettement le défunt, et elle dirait :
« Fallait-il que j'aimasse Édouard ! en mémoire
de lui, je ne veux plus porter que mes vrais
cheveux! »

La pluie des désenchantements a aussi son arc-
en-ciel. Parfois, quand vous jetez le manche après
l'hyménée, un hasard compatissant vous offre le
spectacle d'un de ces jolis ménages où la compagne de l'homme sait à la fois être épouse, mère de
famille et femme du monde. Un remords vous saisit, et si le soir, madame de Moldoval, une rap-
procheuse influente, qui a un cimetière de *premiers*, car elle vient de convoler en quatrième
noces, si madame de Moldoval vous dit de sa voix
à la fois majestueuse et câline :

— Vous ne pouvez pas décemment rester garçon.

Vous répondez avec un reste de foi :

— Réellement, madame, connaîtriez - vous
l'ange?

— Un ange!.... Mais certainement, troisième
nuage à gauche et toujours à droite dans l'azur

réservé. Enfant que vous êtes, est-ce qu'il y a
encore des anges? Je veux vous présenter à une
de mes amies, la veuve d'un général mexicain;
elle n'a pas voulu de Juarez.

— Elle a bien fait! Une veuve?

Et vous devenez rêveur.

— Et elle est jolie, votre protégée?

— A faire divorcer le P. Hyacinthe.

— Pas d'enfant, n'est-ce pas?

— Trois petits amours seulement, vous voilà
déjà père.

— Merci, je préfère favoriser Juarez.

Et votre interlocutrice vous tourne le dos avec
une sévérité marquée pour aller découvrir un
preneur plus docile. Madame de Moldoval a une
spécialité, elle ne marie pas, elle remarie : c'est
elle qui calme les désespoirs célèbres, qui renoue
les chaînes brisées avec le plus d'éclat; elle a
déclaré la guerre aux *inconsolables*.

— Mais, ma chère, lui disait dernièrement une
grande douleur qui n'a jamais été muette, songez

que le tombeau de mon pauvre Henri n'est pas
encore reçu par l'architecte.

— Eh bien, laissez-le inachevé; si vous perdiez
l'aimable sexagénaire que je vous recommande,
il servirait pour tous les deux; pourquoi n'aurait-
on pas un caveau conjugal?

A l'oreille d'un tout jeune homme ce doux nom
de veuve résonne avec de friandes modulations,
l'inexpérience se plaît à rêver de femmes exercées;
au contraire, à mesure qu'on fait ses classes dans
le monde, l'ignorance de la vie chez l'élue de votre choix vous paraît le plus adorable de tous les
dons; plus on a éventé de flacons, plus on est
altéré de parfums inédits; on serait presque jaloux de la goutte de rosée qui effleure un bouton
de rose. Jugez si une veuve ne vous fait pas l'effet
d'une fleur déjà respirée!

Villevierge était bien excusable d'apporter ces
scrupules d'hermine dans la grande question du
mariage, lui qui, sur la rive gauche du cœur,
s'était si souvent montré jaloux du passé. Un soir

que, dans une avant-scène du Gymnase, il assis-
tait à une pièce nouvelle, avec une conquête dont
il se croyait fier, il entendit Landrol proférer
ce désolant aphorisme du cruel Labiche :

« Une *nouvelle*, c'est presque toujours *l'ancienne* d'un autre. »

Machinalement, ses yeux se portèrent vers la
loge de face et rencontrèrent le regard narquois
de son prédécesseur. Il rougit de déplaisir. Un
petit financier hollandais qui l'accompagnait s'a-
perçut de ce trouble et lui dit tout bas :

— Êtes-vous fou, mon cher ? Moi j'arrive bon
vingtième, et je me déclare encore très-content ;
ainsi je ne ferai la cour à Victoria — c'était le
nom de la personne en litige — que dans dix-
huit mois au plus tôt.

Et un peu consolé par l'idée que lui-même devenait un *ancien*, Villevierge accepta cet élégant
calice ; mais il n'y toucha que du bout des lèvres.

Les délicats étaient déjà malheureux sous le
régime de l'aristocratie, jugez quel doit être leur
sort dans un état démocratique ! Nous racontons

ici les faiblesses d'un de ces derniers raffinés, que
le gros matérialisme courant n'admet même plus ;
aujourd'hui, à la coupe du roi de Thulé on préfé-
rerait la gamelle ; nous prions la Règle triomphante
de pardonner à l'Exception près d'être vaincue.

Toujours est-il que ce ne fut qu'après de sincères épreuves que Villevierge se dit : « Puisque
le bonheur *assis* ne veut pas de moi, essayons du
bonheur *debout*. » Et lui, qui était né pour les sentiments fixes, lui, l'homme le plus immuable en
affections, il devint petit à petit, en matière féminine, d'une inquiétante mobilité. Un mauvais
génie semblait prendre plaisir à défaire le lendemain l'œuvre de la veille. Que de fois Villevierge
se coucha avec l'espoir d'une halte pour se réveiller sur un ordre de départ ! Il se remettait en
route découragé, une vision charmante lui rendait
des forces ; mais elle s'évanouissait dans une dé-
ception ; à peine avait-il pris possession d'une félicité, qu'il n'avait plus qu'un désir : être malheureux ailleurs, comme ces voyageurs qui, venant de
bonne foi pour faire un long séjour dans une ville,

demandent leur note une heure après leur arrivée.

Il y a deux espèces de natures ici-bas, les plus nombreuses, trouvant tout de suite leur *alter ego*, se concentrent dans ce type et goûtent le bonheur parfait dans l'imperfection : c'est la race des Philémons de l'avenir; les autres ont besoin de la variété comme les premières se contentent de l'unité : elles déclarent avec franchise que leur appétit de la vie ne se soutient que par la diversité des mets. Ne les condamnez pas trop : ce sont des papillons en rupture d'épingle. Or, il y a deux puissances qui se partagent ce monde : la Cristallisation et la Papillonne. Ce ne sont pas seulement les lois, ce sont les instincts qui établissent la monogamie et la polygamie.

Vous voyez cet irrégulier qui hausse les épaules en parlant du mariage, il est né monogame, et il a le concubinage sévère — pour ne pas désigner sa situation par ce mot ridicule qu'on emprunte à la papeterie.

Regardez cet époux bien en règle et qui a une femme adorable que ni vous ni moi ne tromperions;

son étoile l'a fait polygame; il est à la tête de trois
ménages, dont deux se renouvelleront indéfini-
ment, et je le lui prédis, il mourra dans la peau
du baron Hulot.

Villevierge appartenait à cette variété mixte
qui donne perpétuellement le change sur elle-
même; car elle a le goût de la fixité, et la force des
choses, qui se plaît souvent à ne pas assortir les
êtres, la condamne à l'extrême instabilité. On use
terriblement de relatif quand on a l'imprudence de
vouloir atteindre l'absolu, et la légèreté publique
s'accorde avec la gravité particulière pour appeler
vagabonds de l'amour ceux qui sont trop difficiles
sur le choix d'un domicile réel.

Était-ce un libertin que Villevierge? Non, à la
majorité de neuf *fois* sur douze; pendant les dix
plus belles années de sa vie, ce sensualiste aurait
fait six cents lieues d'une traite pour aller seulement baiser le bout de ces petits doigts qui pour-
raient vous ouvrir les portes du paradis terrestre;
il avait écrit des volumes de lettres très-tendres
et très-pathétiques, et il possédait tout un herbier

de fleurs séchées avec lequel un sceptique lui
conseillait un jour de faire de la tisane d'oubli.

Il était de bonne foi quand il disait à un jeune
puritain qui, ayant pris très au sérieux mademoiselle Poussecafé, retirée du théâtre Déjazet avec
quarante mille livres de rente, distribuait de la
morale à tout le monde (C'est Poussecafé qui parlait un jour des mille traits de don Juan) :

— Mon cher, de même qu'il y a des trente-
deuxièmes d'agent de change, il y a des femmes
qui ne sont que des trente-deuxièmes de maîtresse ;
quand je multiplie les inconstances, c'est que je
complète ma charge : connaissez-vous une jolie
part à recéder ?

Combien de fois Villevierge s'était senti humilié
pour ses contemporains de ces brutales bonnes
fortunes, qui contrastent avec les délicates con-
quêtes d'autrefois ! par exemple, promener triomphalement une soupeuse élevée au rang de *femme
chic ;* car dix ans d'écrevisses bordelaises consti-
tuent maintenant la noblesse du prestige : jamais
ce prétendu débauché n'eût laissé les diamants

de sa mère s'égarer sur des épaules suspectes.

Seulement, comme les forces affectives diminuent en même temps que les déceptions augmentent, Villevierge, avec la plus sérieuse vocation de l'éternel, en était arrivé à embrasser la carrière de l'instantanéité ; il aurait jadis flétri énergiquement, il goûtait maintenant les épicuriens elliptiques qui formulent cette immorale théorie :

La vraie combinaison, ce serait de rencontrer en chemin de fer une adorable inconnue pour qui l'on serait un inconnu possible. Être un Saint-Preux et une Julie à quatre-vingts kilomètres à l'heure, résumer toutes les délices et s'épargner toutes les désillusions en redevenant étrangers l'un à l'autre après comme avant le parcours.

Depuis plusieurs années déjà, Villevierge déclarait qu'il ne voulait plus accorder que dix minutes à ces romans auxquels jadis toute sa vie eût été dévolue. — Pendant la durée d'un éclair, le destin n'a pas le temps de vous tromper, répétait-il. Dix minutes d'arrêt, pas plus! avec un fiacre

2.

en bas pour que la Sagesse vous crie aussi : En
voiture! en voiture!

Voilà pourquoi les amis de Villevierge lui avaient
décerné le titre de baron de Creil, un sobriquet
devant lequel se signaient toutes les belles-mères
et se découvraient toutes les femmes pressées.

IV

MADAME MAUBREL.

Il y a à Paris cinq cents personnes qu'on ne peut jamais éviter et cinquante mille qu'on ne peut jamais voir; la Beauté féminine a ses caves miraculeuses tout comme la Banque de France, et les trésors qui se montrent ne sont rien auprès des trésors qui se cachent.

Vous est-il arrivé, vertueux lecteur, dans ce

bon temps où les aventures vous préoccupaient
plus que les affaires, de rencontrer de quatre à
cinq heures du soir, au détour de quelque boulevard, une de ces délicieuses figures de femme
qui n'apparaissent qu'aux jours de révolution du
cœur? Par la démarche à la fois élégante et
timide, par le prestige discret, par le rayonnement
voilé, cette beauté appartient à la section des
déesses inconnues ; vous hâtez le pas pour la
revoir, car, l'admiration qui vous a doucement
foudroyé lui a donné l'avance sur vous ; —
d'ailleurs la plupart des Parisiennes ont des
bottines de sept lieues.

A un impérieux frémissement, vous sentez que
cette révélation merveilleuse met votre destinée
en jeu ; une voix secrète vous murmure : « C'est
peut-être le bonheur qui passe, suis-la ! » Et au
moment où vous allez obéir à cet ordre irrésistible, un indifférent vous prend le bras en vous
disant :

— Eh bien ! mon cher, que dites-vous de la
politique ?

Vous répondez d'un air rêveur :

— Nous sommes brouillés.

— Toujours sceptique !

— Non, je suis croyant autre part, c'est bien différent.

— Moi je n'ai plus de foi que dans le centre gauche.

— Vous êtes gaucher d'opinion, voilà tout.

Pendant ce stérile entretien, vous avez de votre mieux surveillé le terrain déjà perdu ; déjà le rhythme de cette marche féminine se rétrécit par la distance, puis un flot de passants vous dérobe les dernières ondulations de cette robe si fière de sa maîtresse, et vous vous dites, en pensant à cette héroïne qui vous échappe :

— Bah ! je la retrouverai.

Vous ne la retrouvez jamais : la Fée des surprises vous châtie pour le reste de vos jours. Il y a des plantes qui ne fleurissent que tous les cent ans ; il y a de même des femmes rares qui ne deviennent visibles qu'une seule fois pendant tout le cours d'une existence.

Elles sont la compensation des présences qui se
prodiguent ; on ne les aperçoit ni aux plus augus-
tes premières, ni aux courses fériées, ni aux eaux
recommandées par les couturières ; ce sont les
provinciales de Paris. Elles habitent quelque quartier oublié où les êtres et les choses semblent parler la langue d'un autre siècle, tant les hôtes ont
encore la politesse grave et tant les vieux arbres
ont le murmure majestueux ; leurs plus belles
années s'écoulent dans un de ces hôtels ensevelis
au milieu de la verdure, où la mondanité n'arrive pas, mais où Jean Goujon peut-être leur
enseigne la grâce, car quelques divines sculptures
leur chuchotent au passage : « Tu n'as pas besoin de sortir pour trouver tes modèles ; reste avec
nous, nous sommes les nymphes de l'oubli. »

C'était dans une de ces antiques demeures,
dont le temps a fait des musées ignorés, que mademoiselle Thérèse de Morges avait passé en
quittant à regret le couvent, car elle appartenait à
celles que le voile attire plus que la robe de
noces.

Ses yeux noirs brillaient d'un feu mystique ;
sous cette peau blanche courait la fièvre du ciel ;
cette forêt de cheveux d'ébène aspirait à tomber
sous le ciseau ; cette voix ardente et douce embra-
sait la prière ; il régnait dans ces traits d'une
implacable pureté une expression farouche que
toutes les caresses terrestres paraissaient ne pouvoir jamais attendrir ; les vocations hésitantes se
retrempaient à ce contact inspiré ; quand cette
grande jeune fille, faite déjà pour être une domi-
natrice des âmes, traversait superbement la cha-
pelle pour aller droit à son Dieu, la ferveur s'allu-
mait chez les novices les plus tièdes ; et cette
nouvelle sainte Thérèse en oraison eût ravi au
positivisme ces philosophes du Jardin des Plantes
qui comptent si fermement le singe parmi leurs
aïeux.

Il fallut pourtant se résigner devant les suppli-
cations de sa famille. Mademoiselle de Morges dut
épouser M. Maubrel, un de ces hommes entiers
qui apportent à leur femme un capital de séve
presque doublé, car, pendant près de quatorze

ans, ils n'ont eu que l'étude pour maîtresse. Mais parfois chez le savant le plus austère il y a le sybarite à l'état latent ; lorsque M. Maubrel devint le mari inattendu de mademoiselle de Morges, le pédant en *us* était las de son rôle et le voluptueux s'annonçait.

Il trouvait, assez tôt encore pour regagner le temps perdu, que correspondre avec des cuistres d'Allemagne pour fixer des exégèses n'était pas le suprême bonheur ; il ne lui importait plus de savoir sous quel palmier Issachar rencontra pour la première fois Zabulon ; il prenait en mépris ces vingt mille volumes qui ne lui parlaient que de poussière, et lui qui n'avait connu que l'eau claire du néant, il lui tardait de boire le vin généreux de la vie.

Il lui fallait non pas une de ces Parisiennes fatiguées avant l'âge par les excès de représentation, mais une de ces organisations neuves, comme ces instruments qui ne sont jamais sortis de chez le luthier et dont on épie les premières vibrations ; une photographie lui révéla tout ce

que pouvait valoir mademoiselle de Morges à demi
inhumée alors dans un couvent de Bourgogne ;
elle avait repoussé sans rien vouloir entendre les
partis de son âge ; elle daigna prêter l'oreille
quand sa mère lui parla d'un homme mûr qui
respecterait toujours la jeune fille dans sa femme.

— Ce sera donc, lui dit-elle, le couvent, moins
l'habit.

— Oui, vous ne prononcerez vos vœux conju-
gaux que quand vous le voudrez, faites cela pour
nous ; votre père et moi n'avons plus grand temps
à vivre, nous mourrons moins malheureux.

Thérèse était l'unique enfant qui restait à M. et
madame de Morges, de quatre filles et deux fils ;
tout en se reprochant ce qu'elle appelait une infidélité à Dieu, elle consentit à lever, pour la
première fois, un regard sur un homme, et elle
entra en mariage comme on entre en religion.

Tous les savants ne sont pas des squelettes
pensifs qui flottent dans des vêtements trop
larges.

Maubrellius, aujourd'hui M. Maubrel, était un

3

petit homme trapu, coloré et robuste, qu'on eût
défini en l'appelant un sanglier de bibliothèque ;
il n'avait point pâli, il avait rougi sur les in-folio
et les manuscrits, car ce veilleur de nuit de la
Science était empourpré comme un coucher de
soleil.

L'Hébraïste révolté emporta comme une proie
dans son nid d'élection cette jolie fille au sang
riche et dont toutes les énergies devaient correspondre aux siennes, mais, dès le premier choc,
il devait trouver une résistance formelle.

Il avait meublé avec amour ce pavillon Renais-
sance, reste d'un somptueux hôtel qui s'était mu-
tilé pour sauver jadis la fortune de ses hôtes ;
Maubrel se trouvait riche par suite d'une libéra-
lité inespérée : un prince retiré du trône lui avait
envoyé cent mille francs pour établir une gram-
maire runique. (En ce moment, le savant en était
aux *runes amères*, ces caractères dont on se
servait pour porter préjudice à quelqu'un — la
jettatura de l'alphabet.)

Aussi, rien ne coûtait au savant pour égayer

cette maison d'étude devenue un foyer conjugal ;
les étoffes les plus luxueuses, les tapisseries les
plus chères, rien ne lui semblait trop beau pour
l'enfant gâtée qui voulait bien redescendre avec
lui la montagne de la vie.

— Je ne suis pas un Lovelace, s'était-il dit,
mais je veux que tous les objets qui seront autour
d'elle la séduisent pour moi.

Lorsque Thérèse, accompagnée de dame Brigitte, la Maintenon des femmes de chambre, entra
dans ce logis splendide, qui contrastait avec sa
pauvre maison de province, elle fut ravie.

— Vous me traitez en princesse, dit-elle à
Maubrel.

— Mon mariage n'est-il pas un conte de fées ?
répondit l'ardent philologue.

Aussi, ce fut plein d'une douce confiance qu'il
se glissa le soir dans ce qu'il croyait devoir être
le sanctuaire nuptial, et qu'il s'écria avec onction :

— *Ma femme !*

Madame Maubrel n'était pas déshabillée, elle
répondit gravement :

— Dites votre sœur, monsieur.

— Il faudra donc que j'obtienne une dispense ? insinua galamment Maubrel.

— C'est moi qui en solliciterai une de vous, répondit-elle avec cette fausse humilité de l'esclave qui entend commander ; vous avez désiré avoir une compagne, je vous appartiens corps et âme, avec une réserve à laquelle un homme de votre valeur doit généreusement attacher peu d'importance. •

Maubrellius s'inclina, mais Maubrel se redressa de toute sa hauteur.

— Si vous êtes malheureux, poursuivit-elle, je vous consolerai loyalement dans vos afflictions ; si vous êtes malade, je ne vous quitterai pas d'un moment.

— Mais vous m'abandonnez bien portant, eut-il envie de répondre ; puis avec une habile hypocrisie :

— Comment vous ! fit-il, une parfaite chrétienne ! vous repoussez donc la fin du mariage ?

— Nous adopterons, si vous le voulez, deux

orphelins, et nous les chérirons comme si c'étaient notre fille et notre fils.

— Vous n'y pensez pas, madame ; on ne fait pas souche d'étrangers.

— Mais vous avez des enfants à vous, monsieur ; ce sont vos œuvres ; seize volumes, je crois.

Maubrellius sourit ; Maubrel se renfrogna.

— Vous avez l'éloge cruel, ma chère.

— Je vous assure que je dis ce que je pense.

— C'est votre dernier mot ?

— Je ne me dédis jamais ; vous pouvez avoir foi en ma loyauté.

— Je vous remercie, mais que vous avez bien fait de préférer un pauvre savant qui n'a pas de défense à ces hardis hobereaux qui vous faisaient la cour !

— Pourquoi cela, je vous prie ?

— Parce que vous auriez pu tomber sur un vrai tyran, déterminé à user de ses droits.

— Si l'on ne respectait pas les miens, fit-elle en se levant radieuse de majesté blessée, dès demain je serais rentrée dans mon couvent.

— C'est le mariage à condition ! murmura
Maubrel ; que votre volonté soit faite ! dit-il avec
philosophie ; puis se rabattant sur les impossibilités matérielles de cette étrange situation : — Où
coucherai-je ? demanda-t-il d'un ton bonhomme ;
il n'est pas convenable que pour nos gens...

— Vous êtes ici chez vous, répliqua Thérèse
en désignant l'appartement. Pour moi, j'ai une
combinaison. Rassurez-vous ; je sauverai les ap-
parences.

Et, ouvrant la porte d'une pièce perdue attenant à un élégant cabinet de toilette et dont elle
portait la clef sur elle, elle prit un flambeau et
pria Maubrel de la suivre.

— Voici ma chambre et voici mon lit, reprit-
elle en montrant une petite couchette de fer ; c'est
mon lit de couvent : laissez-moi refaire ici ma cellule.

Un christ d'ivoire était suspendu au-dessus de
la couchette ; les murs blanchis à la chaux et la
fenêtre haute et grillée complétaient l'illusion.

Maubrel comprit qu'employer la force serait un moyen à la fois détestable et dérisoire ; il reprit avec douceur :

— Mais vous serez horriblement mal ici, ma chère Thérèse.

— Le couvent avec un mari ! plaignez-moi donc, répondit-elle presque gaiement.

— Je ne puis vous laisser là ; c'est moi qui prendrai votre place.

— Vous, un profane, dans un réduit de pensionnaire ? cela ne se peut pas. Allons, dit-elle en fermant doucement la porte, bonne nuit, monsieur ; si vous avez besoin de moi, vous m'appellerez.

On était au commencement du mois de mai, la nuit était radieuse et les rossignols du jardin, ces ténors qui n'ont jamais besoin de l'indulgence du public, entamaient la cavatine de l'hyménée.

Comme on comprend le misérable qui, cette nuit-là seulement, leur aurait crié :

— Voulez-vous vous taire, vilaines bêtes !

V

UN MÉNAGE *in partibus.*

Une nuit de noces qu'on passe tout seul est un de ces sarcasmes du destin que ne prévoit guère la philosophie. Maubrel se déshabilla avec une indicible émotion, regarda d'un air de reproche ce grand lit Louis XIII qui n'en pouvait mais, et se coucha modestement sur le bord, laissant un large espace vide du côté de la ruelle, comme s'il

3.

ménageait la place d'une compagne invisible.

Les tentations les plus contradictoires se disputaient son cerveau en feu ; on eût dit qu'il y avait sous ce crâne touffu une extrême droite et une extrême gauche ; devait-il dissoudre cette chambre nuptiale et rendre Thérèse à ses parents ? Fallait-il briser cette résistance et faire passer par surprise l'article premier ?

Entre ces deux résolutions radicales se glissait un habile amendement ; n'était-il pas plus politique de laisser au temps le soin d'apprivoiser petit à petit cette sauvage provinciale ? le sentier des amoureux ne s'improvise pas plus que la grande route dans les forêts trop vierges ; ne paraissait-il pas d'ailleurs plus glorieux à un mari de faire la conquête de sa femme au lieu de se contenter d'une banale cession ?

Il y eut plusieurs tours de scrutin ; on procéda par assis et levé ; Maubrel recueillit ses voix intérieures ; treize arguments se produisaient pour le parti de l'éclat, dix-neuf pour le parti de la douceur ; le savant prononça cette parole cal-

mante : Sachons attendre ! et lut héroïquement
trois pages du fameux traité de Cicéron *De pa-
tientia*, puis il essaya de goûter un peu du repos
qui lui était bien dû après cette nuit de noces
prorogée.

Morphée sembla répondre : « Ce n'est pas moi
qui suis de garde, » car Maubrel se retourna plus
de cent fois sur cette couche deux fois ingrate
sans pouvoir même fermer les yeux. L'aube blan-
chissait à peine l'appartement qu'il résolut de se
lever et de descendre au jardin, mais il aperçut,
à travers les persiennes, deux aides-jardiniers
qui, le coude appuyé sur leur bêche tout en fu-
mant leur pipe, paraissaient regarder avec con-
voitise les fenêtres d'un homme heureux.

Il craignit d'être ridicule, et, passant dans sa
bibliothèque, il prit sa plume consolatrice pour
répondre à Herr Von Fursten, de Leipzig, le
puissant exégète qui vient d'établir d'une façon
victorieuse la divinité du gorille bougonneur.

Il terminait à peine sa lettre de quatre pages,
une lettre brûlante de logique, qu'un pas léger

lui fit relever la tête, et, en même temps, une voix suave lui disait avec une entière innocence :

— Bonjour, mon cher François ; avez-vous bien dormi ?

C'était madame Maubrel dans un charmant peignoir de cachemire fleur de pêcher qui dessinait amoureusement sa provocante juvénilité, car cette nonne manquée avait du premier coup saisi le secret de la toilette.

— C'est ce soir que vous pourrez me faire cette question, ma chère Thérèse, car je vais reprendre ma vie d'autrefois, passer mes nuits au travail et faire la sieste pendant la journée.

— De sorte que vous me priverez de votre présence.

— Avouez que c'est un peu un prêté rendu.

— Savez-vous que c'est très-offensant pour moi ce que vous allez faire là ?

— Pensez-vous que la décision que vous avez prise soit plus flatteuse pour moi-même ?

Elle s'approcha lentement de lui, blanche comme un lis, avec ses yeux de velours, dont le regard

semblait amortir sa sévérité ordinaire. Il crut à
un symptôme de concession, et se levant à demi,
voulut la baiser au front. Elle se déroba à cette
tentative par une feinte où la répulsion s'enveloppait dans la grâce. Alors, il essaya de lui prendre
la main ; mais ces jolis doigts agiles battirent en
retraite.

— Je croyais, fit-il moitié riant, moitié fâché,
qu'on m'avait accordé votre main.

— Tout ce que je puis faire pour vous, c'est de
vous laisser mon gant, répondit-elle en lui jetant
avec un mélange de défi et de coquetterie le plus
insolent des 5 3/4.

L'ex-pédant imprima dévotement ses lèvres sur
la mignonne enveloppe, tout imprégnée du parfum
de cette peau rebelle ; puis, partagé entre la crainte
et l'espoir :

— Je vous fais donc bien horreur ? demanda-t-
il d'un ton galant.

— Comme tous les hommes, répondit-elle en se
sauvant.

Maubrel demeura enorgueilli et humilié.

— C'est toujours une faveur, pensa-t-il en regardant ce gant magique qui frôlait ses paperas-
ses ; mais serrons-le bien, de peur de m'en servir
pour essuyer ma plume.

Lorsque Jean et Justine, les deux domestiques
de M. Maubrel, firent le lit des deux époux, ils
échangèrent un sourire en regardant ce champ
de bataille dévasté par l'insomnie ; seule, dame
Brigitte, la gouvernante de Thérèse, et présidant
à cette cérémonie, garda le sérieux qui ne l'avait
pas quittée depuis cinquante ans.

— Où est donc la clef du garde-meuble ? demanda le valet de pied à la femme de chambre.

— Monsieur défend qu'on y entre, répondit
Justine ; il a mis là une momie de roi d'Égypte,
à laquelle il ne veut pas qu'on touche.

— Toujours les rois, fit Jean ! C'est égal, ajou-
tait-il avec l'importance d'un subalterne heureux
de parler l'argot des maîtres, je sais où est le
cadavre !

Il serait temps d'en finir avec cette théorie déce-
vante qui prétend juger les femmes sur leur signa-

lement physique. On ne dit plus : Perfide comme
l'onde, pas plus qu'on ne dit encore : La perfide
Albion ; l'Océan et l'Angleterre ont émoussé cette
commune épigramme, mais on devrait dire : Perfide comme la couleur.

Ainsi ce qu'on appelle la *brune ardente* n'a jamais existé que dans l'imagination des pianistes de
table d'hôte et des anciens éditeurs de romances.
Plus une femme paraît être la personnification du
désir, plus ses lèvres sont trempées dans la pourpre
humide, plus ses yeux noirs recèlent de flammes
sombres, plus ce système pileux manifeste d'é-
nergie envahissante, puisqu'il arrive à imposer à
ces lèvres faites pour rester glabres un duvet
trompeur, comme une herbe folle qui croîtrait sur
un terrain sablé, plus, neuf fois sur dix, vous rencontrerez une nature spiritualiste, absolument
réfractaire à l'élément charnel et violant avec
bonheur les promesses de son visage. La *brune
ardente* est un mythe; la réalité, c'est la *brune
glaciale.*

Regardez au contraire cette blonde éthérée, qui

semble à peine appartenir à la terre tant son regard est chargé de ciel, tant sa bouche est affamée
de pureté; elle languit ici-bas, et l'on croirait qu'il
n'y a que l'aile d'un séraphin qui puisse l'effleurer
sans la ternir; eh bien, c'est chez elle que vous
rencontrerez peut-être, — car la grande loi de la
femme, c'est l'*insensualité*, — l'éternelle Messaline,
suivant l'injure grave de l'auteur de l'*Homme-
Femme*. Arrangez cela comme vous pourrez;
mais cette colombe a des appétits de louve, tandis
que cette louve apparente n'est faite que pour
roucouler. Une Polonaise, par exemple, l'empor-
tera toujours, comme foyer réel, sur une Péru-
vienne.

Si Ève, notre mère putative, eût été brune,
jamais elle n'eût écouté le serpent, et croyez-nous-
en, mes frères! nous ne serions pas ici.

L'insensualité féminine, voilà l'explication de
tant de déceptions conjugales, de tant de brutales
méprises, de tant de sincères dédains de la femme
pour l'homme; nous nous estimons irrésistibles,
nous autres, avec nos airs vainqueurs empruntés

à Pyrame ou à Sultan, tandis que nous ne sommes que répulsifs; les femmes (sauf des exceptions qui ne détruisent pas le principe) entendent le mot *amour* dans un sens beaucoup plus délicat que les hommes.

Évidemment Dieu ne nous a pas faits de la même argile, car il y a celle du sculpteur et celle du potier; les créatures folles de leur corps c'est nous, les femmes ne sont folles que de leur âme; malgré quelques récents exemples, car la nature s'amuse parfois à faire du paradoxe, on peut dire en thèse générale que le suicide par amour n'est pas un accident masculin.

Avec toutes les perfections matérielles, madame Maubrel était de ces femmes qui ont sincèrement la répulsion de la matière, et qui ne s'éveillent à la sensation que très-tard et à force de sentiment; car, autre supériorité de la race féminine sur nous, chez combien d'elles les sens restent muets quand le cœur ne parle pas! Essayez d'appliquer aux hommes cette expression si poétique, qu'on jette comme le reste dans le panier aux parodies : *un cœur qui parle;* c'est une pudeur qui ne s'adapte plus à notre grossièreté.

Telle qu'était Thérèse, donnant par son moral un perpétuel démenti à son physique, et corrigeant chez elle par la rigidité du fond, les voluptés de la forme, elle n'attirait que pour mieux repousser : on eût dit la Vénus de la haine.

Quoique François Maubrel lût plus couramment dans les livres que dans les réalités, il détenait assez d'éléments de physiologie pour deviner la vraie nature de sa femme (si le pronom possessif restait applicable à tellement peu de possession) et il se dit avec stoïcisme : Mon moi physique s'est bien tu pendant quatorze ans, il peut faire crédit au silence de quelques printemps de plus.

Après tout, cette situation n'était pas sans charme; il y a des parallèles plus enviables que certaines lignes qui se confondent. Vivre quand on est un homme d'étude et qu'on a déjà la science pour maîtresse, vivre côte à côte avec une beauté radieuse qui n'éclaire pas vos nuits, mais qui illumine vos jours; goûter au dehors les joies de

l'admiration qu'elle excite; savourer au dedans
ces mille caresses morales que les femmes excellent
à donner comme compensation de ce qu'elles refu-
sent; entendre le son de cette voix d'une fraîcheur
mordante; jouir de sa causerie et de son talent,
car Thérèse était musicienne à enchanter les gens
qui aboient contre le piano; communier avec elle
en Beethoven ou en Mozart; travailler, parfumé
de sa présence, animé de son souffle, rafraîchi de
sa sérénité, c'était là de quoi, pour un sage qui
fait des avances à la folie, attendre sans trop de
dépit les joies tardives de l'alcôve.

Il espérait par sa parfaite résignation apparente
abréger le temps de l'épreuve; parfois la rage le
mordait en pleine chair, mais il se consolait en
pensant que si cette splendeur lui échappait, elle
n'appartiendrait jamais à personne : ce mari en
disponibilité défiait les jaloux; il promenait hardiment sa femme sans appréhension à la Bartholo,
cette Rosine-là n'eût pas daigné faire attention à
un Almaviva.

VI

LUCIEN DE CHAMPFRÉMONT.

Il y avait alors dans le huitième arrondisse-
ment un jeune idéaliste qui s'appelait Lucien de
Champfrémont et que les gouailleurs en cravate
blanche surnommaient *le dernier des roma-
nesques ;* il avait, en parlant des femmes, des
regards si noyés d'extase, sa chasteté ombrageuse
se cabrait tellement au moindre mot un peu libre ,

son existence était si mystérieuse et si parfumée, qu'on sentait en lui parlant qu'on avait affaire à un missionnaire du platonisme chargé de ramener aux saines traditions les frères égarés. Le gros sans-gêne des mœurs modernes lui causait tant d'horreur, et il avait si profondément le respect des épouses qu'il aidait à mépriser leurs maris, qu'on aurait volontiers inventé pour lui le ministère du culte de la femme.

Le bruit courait qu'il avait passé une fois huit jours dans une armoire pour ne pas compromettre une réputation déjà en souffrance ; il était évidemment de ces contemplatifs qui regardent un astre déterminé à la même minute que leur bien-aimée. Qu'il enviait aux temps passés la mode des sérénades ! Sa voix était languissante, il avait quelque chose de dolent dans l'attitude, on sentait que la terre lui répugnait et qu'il aspirait au ciel ; on l'accueillait presque comme un exilé, et il devenait l'ami de la maison sans porter ombrage à qui que ce soit, car les maris à

poigne disaient en riant dans leur moustache
gommée :

— Je suis bien tranquille avec Champfrémont,
il y a je ne sais combien de milliers de lieues
entre lui et ma femme ; il habite *Sirius*.

En quoi ces optimistes se trompaient, car on a
parfois deux domiciles, et l'électricité ne connaît
pas les distances.

Lucien de Champfrémont était un de ces blonds
aux yeux bleus qui ont toujours l'air d'avoir leur
couvert mis chez le Très-Haut ; ses cheveux bou-
clés à l'antique, sa barbe annelée, sa gravité céré-
monieuse, sa parole lente et choisie, tout chez lui
était une protestation contre ses contemporains.
Il y a beaucoup de gens qui n'auraient pas été
fâchés de causer avec Mᵐᵉ Claude des perfection-
nements des armes à feu ; Champfrémont était du
petit groupe de ceux qui feignent de regretter
Lélia et son groupe.

Cette tactique spiritualiste où entrait d'ailleurs
quelque sincérité lui valut la conquête de quelques
âmes curieuses ; en homme qui sait vivre, il avait

pris les corps par-dessus le marché, mais il se
contentait avec tant de délices des plus insigni-
fiantes faveurs que les femmes coupables pouvaient se dire : C'est un amant qui n'est pas de ce
monde.

Champfrémont était le contre-type du baron
de Creil ; prêt, comme le lierre, à mourir où il
s'attachait, il fallait l'arracher de force aux liaisons qu'il croyait de bonne foi avoir nouées dans
l'infini.

— Je vous en supplie, laissez-moi retourner à
mon mari, s'écriaient les femmes exaspérées de
tant de fidélité.

Quel certificat à la décharge de notre espèce !

Car — détail caractéristique — Champfrémont
n'avait jamais offert ses hommages à une céliba-
taire ou même à une veuve ; par goût comme par
vocation, il ne travaillait que dans les ménages ;
pour être heureux il avait besoin d'être trois.

Libéré depuis quinze jours, il errait en maudis-
sant l'absence de chaîne, quand le hasard de la
parenté — il était cousin au quatrième degré d'un

naturaliste — lui fit rencontrer dans un salon
sévère M. et Mme Maubrel. Thérèse, avec son éclat
sidéral, lui parut la plus divine des consolations ;
selon son intelligente habitude, Champfrémont
essaya d'être *l'ami du mari*, il multiplia les
avances habiles, se donna pour un fervent dis-
ciple qui serait bien heureux de faire la connaissance du maître, déclara qu'une visite à la bibliothèque du savant comblerait tous ses vœux, mais
la porte de l'hôtel de la rue des Lions-Saint-Paul
resta sourde à ses prières déguisées ; Mme Maubrel
ne voulait voir personne, et Maubrel jouissait pour
son propre compte de cette passion pour la solitude.

Cependant, il avait semblé à Champfrémont
que les yeux noirs de Thérèse ne dédaignaient
pas absolument d'entrer en communion avec ses
yeux bleus ; et comme il était doué d'une patience
que les saints eux-mêmes désavoueraient, il se
décida à mettre plusieurs années s'il le fallait pour
faire le siége de cette citadelle gardée par un
portier inculte.

4

Pénétrer dans la place, il ne fallait pas y songer pour le moment ; ce qui seul pouvait favoriser les projets de Lucien, c'était les sorties de l'ennemie ; malheureusement pour lui, Mme Maubrel ne mettait guère le pied dehors que pour aller aux offices, et elle était de ces femmes vraiment pieuses qui s'absorbent dans la prière. Pourtant, à plusieurs reprises, sur son passage, elle n'avait pu s'empêcher de surprendre en contemplation ce guitariste obstiné qui n'ayant osé la saluer une première fois, perdait ainsi l'avantage de la première rencontre.

A l'aspect de Champfrémont, néanmoins, le visage de Mme Maubrel quittait sa pâleur ordinaire et Lucien interprétait dans un sens favorable cette délicieuse rougeur qui lui faisait l'effet de l'aurore d'une bonne fortune ; mais il se trompait cruellement, Thérèse n'était que blessée de cette poursuite muette.

C'était généralement accompagnée de sa femme de chambre que Mme Maubrel se rendait à la messe. Un dimanche, après avoir amené sa maî-

tresse chez elle, Mlle Justine prit un fiacre et se
dirigea vers le Palais-Royal ; Champfrémont monta
dans une autre voiture, suivit la cameriste, et la
vit descendre à la hauteur de la rue de Richelieu
où l'attendait un *chasseur* en grand uniforme.

— Vous êtes au service de Mme Maubrel, mademoiselle, fit Lucien en prenant les devants.

— Qu'est-ce que ça peut vous faire ? répondit
Justine, qui avait un plus grand sentiment de ses
droits que de ses devoirs.

— Je vais vous le dire. Avez-vous quelque
chose à la Caisse d'épargne ?

— Merci ! pour qu'on me prenne mon argent !
Mais tout ça c'est des bêtises, voilà Antonin qui
s'impatiente, et elle désigna un colosse barbu —
quelque chose comme un sapeur civil — qui rou-
lait de gros yeux.

— Vous plairait-il d'avoir cinquante louis dans
votre tiroir ?

— Cinquante louis !... Je vais demander à
Antonin....

— Rassurez-vous, reprit Champfrémont qui

devina sa pensée, il ne s'agit pas de faire tort à
votre.... prétendu, au contraire, je vous deman-
derai seulement de me servir auprès de Mme Maubrel, et de lui remettre cette lettre.

— Ah ! si ce n'est que cela, c'est que je suis
une honnête fille, moi, Monsieur.

— Parbleu ! Voilà deux cents francs pour commencer.

— Comme qui dirait un denier à Dieu?

— Précisément ; quand vous me rapporterez la
réponse de Mme Maubrel, il y en aura deux cents
autres. Voyons, vous qui paraissez aussi intelligente que vous êtes gentille, parlez pour moi.

— Vous êtes un bon, vous ; je verrai.

— Voici mon adresse ; si vous réussissez, je ne
m'arrêterai pas où je vous ai dit.

Pendant ce temps le *chasseur* s'était approché,
menaçant.

— Imbécile ! c'est pour ton bien, fit-elle en s'inclinant devant Champfrémont qui disparut ; est-
ce que tu trouves mauvais qu'on soit amoureux de
ma maîtresse ?

— Oh ! alors, répondit le *chasseur*, je te fais mes excuses. Quel malheur, moi, mon maître est veuf !

— Tiens, voilà ma dot pour aujourd'hui, fit-elle en chiffonnant les deux billets de cent francs.

— Dis donc, je voudrais t'épouser tous les jours ; si comme voyage de noces je te faisais voir Versailles ; tu as la permission de minuit ?

— Il ne manquerait plus qu'on me la refuse. Je veux bien, mais tu me jureras sur les grandes eaux de ne pas me tromper comme les autres.

— Excepté si une femme du monde....

— Grand fat, va !

— Allons, madame Antonin, venez les éclipser toutes.

Et ils se dirigèrent triomphalement vers la gare de l'Ouest.

Fidèle à sa parole, Mlle Justine essaya le lendemain même, à l'instar des soubrettes de l'ancien répertoire, de proposer la candidature de Champfrémont et de faire admettre sa première lettre aux honneurs de la lecture, mais au premier mot

4.

qu'elle hasarda dans ce sens, Mme Maubrel lui
donna son compte, et Justine quitta la chambre
en s'écriant :

— J'en ai assez de ces bicoques-là ; j'aime
mieux les cocottes que les chipies.

Et séance tenante elle alla réclamer à Lucien
une indemnité de déplacement.

Champfrémont qui était parfois, malgré sa
patience de Siméon Stylite, l'homme des résolutions extrêmes, crut qu'il serait bon de frapper
l'imagination de cette provinciale exaltée, et il lui
écrivit directement pour la prévenir que le lendemain, à neuf heures du soir, il escaladerait les
murs de l'hôtel et qu'il demandait une entrevue,
faute de laquelle on le trouverait peut-être mort
dans le jardin.

Thérèse montra la lettre à Maubrel et lui dit :

— J'espère que vous saurez recevoir ce ma-
raudeur.

Maubrel, à la fois tremblant et ravi, chargea
son fusil avec de la cendrée. A neuf heures pré-
cises, une très-élégante forme humaine apparut

au-dessus d'un vieux lierre qui n'avait jamais été
témoin d'un pareil scandale.

— Feu! dit-elle avec énergie.

Maubrel tira avec la justesse d'un propriétaire
offensé ; il entendit un léger cri de douleur ; trois
ou quatre grains de plomb avaient porté.

Thérèse le remercia par un sourire cruel qui
découvrit ses dents blanches, des dents de jeune
loup.

Aussi, quand sur la prière de ses beaux-parents,
qui ne voulaient plus mettre les pieds dans Baby-
lone, il fut question de laisser partir sa femme
pour Lyon avec dame Brigitte, Maubrel, retenu à
Paris par des obligations professionnelles, ne fit
aucune difficulté de livrer Thérèse à elle-même ;
c'était mieux qu'un dragon de vertu, c'était un
dragon d'indifférence.

A la même date — coïncidence qui prouva une
fois de plus que les contrastes s'attirent — le
baron de Creil, que nous avons eu l'honneur de
vous présenter, faisait ses malles pour un grand
voyage d'Italie.

VII

Il faisait, le 4 septembre 1866, un de ces temps délicieusement orageux où la nature ressemble à une petite maîtresse qui passe de l'emportement à la coquetterie et de la joie aux larmes avec une moelleuse impétuosité ; le ciel, chargé de nuages terribles qui, avec leur éclat métallique , font entendre des bruits d'armures, débute à chaque

moment par une menace et finit par une caresse ;
un rayon de soleil danse dans la pluie chaude
qui tombe irisée : on dirait une figure qui sourit
tout en pleurant ; un chant de fauvette se mêle,
confiant, au plus formidable coup de tonnerre ;
tout d'un coup, malgré les promesses de l'azur,
une bourrasque de grêlons viendra vous fouetter
les joues, comme une jeune femme furieuse qui
jetterait au visage de son amant les perles égre-
nées d'un collier.

Il se dégage de toutes choses, du feuillage
aussitôt séché que mouillé, des fleurs à la fois
rafraîchies et chauffées, de cette atmosphère perpétuellement ravivée par des courants électriques,
des aromes d'une capiteuse intensité : les autres
jours la nature est une bonne mère qui vous donne
tout simplement à boire ; ces jours-là, c'est une
amante qui vous grise.

— Si vous ne partiez pas ce matin, Thérèse ?
avait dit Maubrel, agité d'un vague pressentiment ; vous savez que nous sommes un ven-
dredi.

— Comment, vous, un homme fort, vous re-
tombez dans ces puérilités! Songez que mon père
et ma mère m'attendent, et qu'on donne ce soir
un souper en mon honneur. D'ailleurs, je suis
un peu fiévreuse; tenez, j'ai la main brûlante, le
changement d'air me calmera.

— Vous m'écrirez, n'est-ce pas, Thérèse? et
ne dites rien à votre mère, je ne veux pas qu'on
vous gronde.

— C'est moi qui gronde les autres; ne craignez
rien, fit-elle avec un ton de mutine autorité.

— Est-ce que je ne pourrai pas vous embrasser une fois, puisque vous partez?

— Allons! puisque vous l'exigez, répondit-elle
avec un léger haussement d'épaules qui était encore une grâce, et elle lui présenta son front, que
Maubrel eut à peine la prestesse d'effleurer.

— Enfant que vous êtes, fit-elle en se relevant.

— Enfant, soit! répondit le pauvre martyr, si
je pouvais grandir dans votre affection.

— Mais je vous aime beaucoup, mon cher

François, dit-elle presque avec émotion, si bien
qu'il rougit de plaisir et de dépit mêlés.

— Madame va manquer le train, interrompit
dame Brigitte de sa voix du temps passé, il est
onze heures moins un quart.

Une voiture de place était en bas; Maubrel
conduisit sa femme au chemin de fer de Lyon,
où régnait un concours imposant de voyageurs;
mais il put obtenir un compartiment réservé pour
Thérèse et Brigitte.

— Voulez-vous le coupé tout entier? demanda
l'employé pour qui Maubrel était un personnage
d'importance.

— Oh! deux places suffiront! répliqua le savant avec une de ces funestes velléités sordides
qui s'attaquent parfois aux natures les plus gé-
néreuses. O les fausses économies, le pourboire
honteux le cadeau dérisoire, le marchandage
niais! Quelle source de ruines! et que de fois un
louis, retenu de force, commet dans votre existence pour plus de cent mille francs de dégât!

Plût au ciel que Maubrel eût versé au P. L. M.

les cinquante-six francs quatre-vingts centimes qui représentaient le prix d'une place vide de Paris à Lyon !

Il était trop tard pour revenir sur cette faute de calcul, car la sonnette de départ se faisait entendre et l'on fermait déjà les portières.

Le train s'ébranla ; Thérèse se pencha pour faire un signe d'adieu à son mari, et Maubrel prit mélancoliquement le chemin de l'Institut.

Deux *cocottes* célèbres qui, — on se perd en conjectures à ce sujet, — désiraient assister à la séance des cinq Académies, lui barrèrent le passage à la hauteur du pont des Arts.

— Vous êtes M. Maubrel? demanda la plus rousse, mademoiselle Poussecafé.

— Notre grand hébraïsant, ajouta l'autre chignon qui se piquait de littérature, madame de Bois-Colombe.

— Non et oui, mademoiselle, mais qu'est-ce qu'il y a pour votre service?

— Voir M. Jules Favre et mourir : nous n'avons pas de cartes d'entrée.

5

— J'ai sur moi deux mauvaises places, répondit le savant, mais je ne sais si vous vous en contenterez.

— Donnez toujours, et à charge de revanche.

— Nous n'avons pas encore d'académiciennes fit Maubrel en souriant.

— Non, mais en attendant les Quarante de l'autre sexe, nous donnons ce soir un petit lunch positiviste ; nous vous intriguerons. Nous serions très-flattées de vous avoir. Le docteur Burgmuller doit nous démontrer comme quoi Dieu et Napoléon n'ont jamais existé ; excusez en faveur du motif la brusquerie de cette invitation.

— C'est que je suis un sauvage, objecta Maubrel.

— C'est vous qui nous civiliserez, riposta Poussecafé.

— Et nous comptons vous intriguer vigoureusement.

— Mais je n'ai pas l'avantage d'être connu de vous comme simple citoyen.

— C'est ce qui vous trompe, mon cher prince de la science, nous connaissons votre existence jour par jour depuis plusieurs mois, et nous vous ferons des révélations.

L'homme du Marais flaira je ne sais quelle embûche, et saisi par ce vertige qui nous attire vers ce qui doit nous faire souffrir, il s'inclina en signe d'acceptation.

— Qui aurai-je l'honneur de demander ? fit-il d'un ton presque soumis.

— Madame de Bois-Colombe, rue de l'Opposition dirigée, 14 *bis*, à cinq heures pour le quart ; ces dames ont une *première* tellement importante qu'elles préfèrent souper.

— A ce soir, mesdames. S'agirait-il de Thérèse ? pensa-t-il en pénétrant sous la vénérable coupole.

Il écouta avec un peu d'humeur l'exorde du récipiendaire qui disait : Combien je me sens indigne, Messieurs, de l'honneur que vous me faites ; et il faillit s'écrier :

— Une fois par hasard, prenez-le donc au
mot !

A cinq heures, on était déjà en train de s'a-
muser chez ces demoiselles, quand on annonça
M. François Maubrel ; le savant fut extrêmement
entouré ; il lui parut même qu'on l'examina comme
une bête curieuse ; jamais il ne s'était trouvé à
pareille fête d'épaules nues et de luxe sans façon.

A huit heures cinq minutes — qu'on remarque
bien ce moment précis, tout le monde se retira,
et madame de Bois-Colombe resta en tête-à-tête
avec le savant, qu'elle avait promis de livrer
mort ou vif à la Société pour la détérioration des
mœurs publiques.

Madame de Bois-Colombe, qui avait beaucoup
voyagé dans le pays du plaisir, était une de ces
blasées qui fatiguent la carte du Tendre comme
les viveurs sans estomac mettent à la question
la carte d'un restaurant ; l'hiver dernier, elle cé-
lébrait le charme mélancolique des natures épui-
sées ; cette année, ennuyée des cavaliers hongres,
elle cherchait un homme entier. La robuste lai-

deur de Maubrel l'attirait plus que ces jolis
visages d'énervés de Jumièges qui sont déjà aux
ferrugineux au lendemain de leur majorité ; puis,
faire le mal est si doux pour certaines organisations ; la chute de Maubrel, c'était presque la
chute d'Adam pour cette Eve, qui avait croqué
tant de pommes.

— Asseyez-vous donc, cher monsieur, dit
Mme de Bois-Colombe en désignant au savant une
place à côté d'elle sur un de ces canapés flatteurs
qui voient mollir les volontés les plus dures, de
même que les siéges de forme sévère voient durcir
les caractères les plus mous.

— Eh bien ! madame, fit Maubrel, que sont
devenus tous ces grands secrets que vous me
menaciez de divulguer ? Je crois que vous avez
imité un peu mon ancien collègue, M. Scribe, qui
faisait toujours dire à ses personnages : *Je sais
tout*, pour apprendre quelque chose.

— Quels aveugles que ces savants ! Il ne leur
reste plus que les yeux de l'esprit ; vous n'avez donc
pas observé l'impression que vous avez produite ?

— Oui, celle d'un fauve dans un milieu trop apprivoisé.

— Oh ! ce n'est pas là ! Quel drôle de train de vie vous avez ! _

— Nous sommes aux antipodes, je le comprends.

— Non, mais avouez que vous êtes un ménage comme on n'en a jamais vu.

— A beau mentir qui vient de loin ; nous habitons une province facile à travestir : le Marais ! fit le savant un peu troublé ; on dit du mal de nous.

— On en dit trop de bien au contraire ; vous êtes connus sous le nom des époux *frère et sœur ;* il y a même un certain baron de Creil qui se propose d'étudier cette spécialité. Les mauvaises langues ajoutent : Ils ne sont peut-être pas heureux, mais ils sont sûrs de ne pas avoir d'enfants.

— Allez toujours, madame, j'ai l'habitude des légendes, reprit Maubrel, qui voulait se donner une contenance.

— C'est de l'histoire contemporaine, et l'histo-
rien est à mon service ; c'est votre ancienne
femme de chambre, Justine, qui rend d'ailleurs
toutes les justices du monde à ses anciens
maîtres.

Mme de Bois-Colombe évitait autant que possible de prononcer le nom de Mme Maubrel.

— Ah ! vous êtes un terrible homme, continua-
t-elle en jouant l'effrayée, sans compter que vous
avez failli éborgner le seul amant sérieux qui
reste à Paris, ce pauvre Champfrémont, que je
me faisais une joie de vous présenter, mais on
n'a pas encore levé son appareil.

— Où voulez-vous en venir ? madame, demanda
le savant impatienté.

— A vous voir agir en toutes choses aussi viri-
lement. Frère Maubrel, il faut vivre, fit Mme de
Bois-Colombe en se déroulant en tentatrice devant
l'hébraïsant.

La griserie charnelle aurait dû prendre sur ce
Tantale dont le supplice redoublait. Il se leva
d'un air de défi :

— Eh bien ! madame, répondit-il, puisqu'on écoute pour vous aux portes, je vais compléter vos informations : apprenez donc que s'il y a plusieurs hommes pour vous, il n'y a qu'une femme pour moi : c'est la mienne.

— Comment ! avec ces bras-là vous vous contentez d'étreindre l'impalpable ?

— Que voulez-vous, ce n'est pas ma faute si, par hasard, *deux tiens* valent moins *qu'un tu l'auras*.

— Oui, mais c'est un *tu ne l'auras pas*, qu'il faudrait dire.

— Brisons là, madame, en voilà assez sur ce sujet.

— Mon Dieu ! monsieur, fit-elle en se dressant à demi pour atteindre un timbre qu'elle fit magistralement résonner, vous m'excuserez ; je ne croyais pas avoir trahi les mystères de l'alcôve, puisque la vôtre n'en contient pas.

Justine parut.

— Reconduisez monsieur, fit-elle avec une parfaite dignité.

— C'est une coquine chez une autre, murmura Maubrel en endossant son paletot.

— Combien monsieur me donnera-t-il pour n'avoir rien entendu ? fit-elle effrontément.

— Vous vous y prenez bien tard pour faire acheter votre silence.

— Eh bien, monsieur, je ne vous le vends pas, je vous le donne.

— C'est une restitution, sans doute.

Et descendant vivement l'escalier, il s'élança dans la rue avec un immense besoin d'air et de solitude.

Huit heures et demie sonnaient à l'église Saint-Augustin. Madame Maubrel arrivait à la station de Sénozan ; mais notre devoir est de reprendre l'itinéraire de notre voyageuse depuis le point de départ.

VIII

DE PARIS À LYON (PERRACHE) PAR L'EXPRESS.

Madame Maubrel s'était levée ce jour-là plus matin que d'habitude ; d'autre part, en traversant la forêt de Fontainebleau, les effluves végétales lui avaient par bouffées monté au cerveau ; elle arriva à Montereau déjà un peu énervée.

Il n'y avait sur le quai qu'un grand jeune homme qui, en élégant costume de voyage, in-

terrogeait de l'œil les voitures qui défilaient pour
trouver un coin à sa convenance. Le train était complet, il ne restait plus que deux places disponibles : l'une dans le wagon des fumeurs, l'autre
dans un coupé où le touriste avait cru reconnaître
une charmante tête de femme.

Le parti de Villevierge fut bientôt pris ; s'approchant de la portière, et s'adressant à madame
Maubrel avec un profond respect :

— Je viens, madame, dit-il, implorer une
grâce de votre bonté ; si vous me refusez, je manquerai une affaire de la dernière importance.

— De quoi s'agit-il, monsieur ?

— Voulez-vous me permettre de monter dans
ce compartiment ; il reste bien une place vide dans
le wagon des fumeurs, mais j'ai tellement horreur du cigare !

En ce moment, comme pour le convaincre d'imposture, un superbe étui en cuir de Russie à
coins d'or et qui contenait des partagas de premier choix, glissa de sa poche et tomba sur la

voie; Villevierge eut l'héroïsme de ne pas le ra-
masser.

Ces simples mots : *horreur du cigare*, avaient
amené sur la figure sévère de dame Brigitte une
expression d'intérêt.

Madame Maubrel sembla la consulter d'un regard auquel elle répondit par un coup d'œil qui
voulait dire : — Mais oui, madame, ne suis-je
pas là, vous pouvez recevoir cet étranger.

— Je ne voudrais pas, monsieur, dit-elle d'un
ton de charité mondaine, être la cause involontaire d'un contre-temps pour qui que ce soit;
on nous avait promis que nous serions seules,
mais il faut savoir s'entr'aider.

— Je suis vraiment bien indiscret.

— Vous êtes pardonné, monsieur, fit la jeune
femme, d'un ton qui signifiait : la discrétion con-
sistera à ne pas abuser de mon obligeance.

Dame Brigitte céda son coin, Villevierge s'y
établit avec les excuses de rigueur, et le convoi
se remit en marche.

Il était midi quarante, heure administrative.

Tout d'abord, Villevierge ne se permit même
pas de regarder ses deux compagnes de voyage :
la tête tournée du côté de la portière, il semblait
explorer avec amour le paysage, puis, s'enhar-
dissant petit à petit, il en vint, sans être vu, à
bien se rendre compte du voisinage, à la fois
enchanteur et rébarbatif que lui offrait le hasard.
Oublions un instant la duègne pour ne nous oc-
cuper que de l'infante confiée à ses soins.

C'était une adorable jeune femme de vingt ans ;
son déshabillé écossais la dessinait familièrement,
car elle était encore trop innocente pour connaître la pruderie ; derrière cette voilette claire
on apercevait un délicat visage de madone, éclairé
par des yeux noirs abrités sous de longs cils et
qui semblaient mêler comme une lueur infernale
aux clartés du Paradis : ses bandeaux à l'ancienne mode, coiffure qui aurait ridiculisé toute
autre et qui lui seyait à ravir, complétaient l'illusion. Une angélique pureté émanait de cette physionomie sensuelle ; on eût fait d'elle un portrait

de sainteté pour un boudoir. C'était, en effet, la
Vierge au mari.

Elle lisait avec une grande difficulté de recueillement un livre anglais qui ne paraissait guère
la captiver ; de temps en temps un de ces soupirs, qui ressemblent au frémissement du vent
dans les blés murs, faisait onduler son corsage
orné du côté gauche d'une petite poche où un
mouchoir de dentelle faisait l'office de sentinelle
avancée ; elle ne portait aucun parfum, et pourtant chacun de ses mouvements développait comme
un arome doux et subtil, l'arome de la jeunesse.

Elle appartenait à cette heureuse catégorie de
femmes qui ont *trop de cheveux ;* sur cette nuque
délicate, autour de ce col d'une si pure rondeur
se jouaient mille retroussis de nattes sincères et
de boucles authentiques ; il y avait dans ce jail-
lissement une puissance de séve qui vengeait de
toutes les perruques féminines.

Villevierge, compta seize kilomètres avant
d'avoir aperçu son pied qui respirait à l'aise dans
une bottine qu'eût adoptée Cendrillon, et ce ne

fut qu'à Laroche (bifurcation) qu'il lui fut donné
de voir sa main nue, car elle se déganta pour dé-
couper une croix de papier avec des ciseaux : la
femme qui redevenait enfant.

A Tonnerre, elle eut soif et elle pria madame
Brigitte d'aller lui chercher une pêche. Villevierge
eut d'abord envie d'épargner cette peine à la
duègne et de faire ce plaisir à la maîtresse du
coupé ; mais il réfléchit qu'il pouvait paraître importun.

Bien lui en prit, car madame Brigitte mit tant
de temps dans cette opération difficile, l'acquisition d'un fruit, qu'elle manqua le départ. Le train
était déjà en marche quand elle reparut ; on la
vit sur le quai faisant des signaux désespérés ;
mais la vapeur n'a pas d'oreilles, et bientôt
l'énorme convoi ne fit plus qu'un léger sillon de
fumée dans l'espace.

Madame Maubrel ne put réprimer une vive expression de mécontentement et se tourna avec
une sorte d'inquiétude du côté de Villevierge ;
mais la tenue circonspecte de notre héros la ras-

sura peu à peu, et bientôt elle s'enhardit jusqu'à
lui demander : «

— Où peut-on faire jouer le télégraphe, monsieur ?

— A Dijon, madame, vous aurez tout le temps :
nous avons trente minutes d'arrêt.

Mais, au ton bref dont la question avait été faite,
il ne fallait pas voir là un prélude de conversation.
Après cet échange de paroles, on retomba dans le
silence, et Villevierge, tout en la contemplant à
la dérobée, maudissait cet intervalle vide qui le
séparait d'elle; mais comment quitter le coin où
le devoir l'avait installé ?

Tout d'un coup, le ciel, jusque-là lumineux,
s'assombrit extraordinairement. Des éclairs illu-
minèrent les clochers à l'horizon et une pluie torrentielle prit le train en écharpe.

Villevierge leva le vasistas ; la glace était
cassée ; il baissa le rideau — puéril rempart contre ce déluge. En quelques secondes, il se trouva
à demi submergé. Il ne se plaignait pas et restait
noblement à sa place, quand madame Maubrel,

reconnaissante de tant d'abnégation, lui dit d'une voix un peu tremblante, car cet effort lui coûtait, en lui désignant la place occupée par dame Brigitte :

— Mais mettez-vous donc là, monsieur ; je ne souffrirai pas que vous soyez inondé.

Il obéit avec un remercîment hypocrite.

IX

SOIXANTE-TROIS KILOMÈTRES A L'HEURE.

A la formidable ondée qui venait de donner de
l'avancement à Villevierge, succéda, comme par
un coup de théâtre, un resplendissement universel ; la victoire restait au soleil ; le baron de
Creil ne quitta pas son *refuge*, la place était con-
quise ; il avait soigneusement installé dans le filet
suspendu au-dessus de sa tête ce bagage en mi-

niaturé qu'on pourrait appeler le *tout ce qu'il faut
pour voyager*. Mme Maubrel ne pouvait décemment songer à une disgrâce pour son protégé
d'il y a cinq minutes. Notre héros, pour calmer
tous les scrupules, feignit d'ailleurs d'examiner
avec inquiétude l'état du ciel.

— Je crains bien, madame, fit-il d'un ton indifférent, que nous n'en soyons pas quittes. Quel
temps !

— Oui, répondit-elle, ne croyant vraiment chez
son voisin qu'à des impressions météorologiques,
un temps de toute beauté et de toute laideur.

Le baron ne pût réprimer un sourire.

— Si j'osais, madame, vous faire part d'une
comparaison qui me vient à l'esprit : c'est vous
qui me la suggérez ?

La soudaine gaieté des autres intrigue toujours, même les plus sages.

— Parlez, monsieur, je vous le permets, répondit Mme Maubrel, tout en se tenant sur ses
gardes.

— Vous ne vous fâcherez pas, madame, je m'accuse tout de suite de ma franchise.

— Voyons d'abord avant de vous accorder l'indulgence.

— Eh bien ! quand vous avez dit un temps de toute beauté et de toute laideur, malgré moi j'ai pensé que ce contraste-là se retrouvait dans les voyageurs ; ainsi vous, madame, et la personne qui était là tout à l'heure...

— Dame Brigitte : oh ! quelle idée ! c'est mal ce que vous dites là !

Et elle rougit légèrement sous sa voilette.

— Aussi je me repens, madame, d'avoir si désobligeamment apprécié votre gouvernante.

— Mais ce n'est point ma gouvernante, monsieur, répondit étourdiment Mme Maubrel ; grâce à Dieu, je suis maîtresse de mes actions, c'est ma femme de chambre honoraire.

— Quel dévouement, du reste, dans sa physionomie, reprit Villevierge, qui voulait corriger sa double impertinence.

— Oh ! si vous la connaissiez comme moi,
monsieur, c'est un véritable trésor.

— Bien rare à notre époque, car il n'y a plus
de domestiques.

— C'est depuis, fit-elle avec dédain, que tant
de maîtres.sont devenus des laquais !

La portière s'ouvrit, l'inspecteur du P. L. M.
parut :

— Les billets, s'il vous plaît ! demanda-t-il.
Puis lisant : Lyon-Perrache et Ambérieux !...
Mais pardon, ajouta-t-il en regardant sous la ban-
quette, vous avez un chien...

— Ah ! oui ! s'écria Mme Maubrel, c'est l'épa-
gneul de dame Brigitte, un chien empaillé.

La gravité de l'inspecteur ne tint pas devant
cette touchante méprise, et un trio de rires em-
plit le coupé.

La glace se trouvait définitivement rompue ; on
était en confiance de part et d'autre. Mme Maubrel, avec l'inexpérience de ses vingt ans, renonça
sans répugnance à ses projets de mutisme, et le

baron de Creil se mit à rêver tout doucement à
sa baronnie.

Il faisait une chaleur sourde qui excitait tout
en accablant, et les stores baissés ne protégeaient
pas contre les rayons du soleil, qui se faufilaient
curieusement.

Les stores baissés ! c'était presque le décor
d'une bonne fortune, et Villevierge songea à
quelque bienheureux pèlerinage en fiacre au bois
de Boulogne ; à je ne sais quels indices, saisis-
sables seulement pour les stratégistes profes-
sionnels, la situation prenait une couleur d'aventure.

Il était quatre heures à la station de Verrey, et
le train allait bientôt s'engager dans le redou-
table tunnel de Blaisy.

Les tunnels très-courts, où les Compagnies font
l'économie de l'éclairage, sont des épreuves quo-
tidiennes pour la galanterie vulgaire : genoux
qui se conduisent sous la voûte comme sous la
table ; mains qui jouent la distraction, aveux
glissés dans les ténèbres ; il n'y a pas de femme

qui, voyageant en tête-à-tête avec un jeune
homme, ne lui adresse, au sortir de cette embûche des ingénieurs, un vague regard de reconnaissance, quand il n'a pas profité d'une occasion où il est si facile de dérober la petite monnaie
d'une faveur. Le souterrain de Blaisy, lui, ne
ressemble pas à ces pauvres diables qui se cou-
chent sans chandelle ; les lampes des wagons
'illuminent pendant tout le parcours.

Ce fut comme un fait exprès, la lampe mal al-
lumée s'éteignit au premier kilomètre et au second
le train s'arrêta, on signalait un léger encombre-
ment sur la voie ; au lieu de cinq ou six minutes
que demande ce passage de quatre kilomètres, les
voyageurs se trouvaient menacés d'une attente
de plus d'un quart d'heure ; une impression de
froid et d'humidité se répandit dans le coupé ; on
se rappelle que l'un des vasistas brillait par son
absence.

Comme les gens qui ayant peur chantent en
traversant une rue dangereuse, une femme qui se
sent dans l'obscurité avec un inconnu parle pour

se donner du courage, et c'est ce que fit Mme Maubrel, qui d'elle-même rompit le silence religieusement gardé par Villevierge, en proférant cette
exclamation imprudente :

— C'est la Sibérie à côté de l'Equateur.

Le fait est qu'on semblait, sans transition, versé
d'un four dans une cave.

— J'ai cru remarquer, madame, que vous étiez
très-légèrement vêtue ; permettez-moi de vous offrir une couverture de voyage.

— Merci, monsieur, vous êtes trop bon.

— Je vous en supplie, nous allons peut-être
faire un très-long séjour ici; un refroidissement
est si vite gagné.

Et détachant la boucle de sa courroie, il dé-
roula une superbe couverture violette qu'il présenta à la jeune femme en disant :

— Tenez, madame, et il avança un peu le
bras.

Il faisait noir à faire peur à cent mille nègres;
la main de Villevierge rencontra, dans un mouvement presque involontaire, la main de Mme Mau-

brel, et ce frôlement lui suffit pour garder aux doigts quelque chose du parfum de la jeune femme.

— Puisque vous l'exigez, monsieur, fit-elle, je ne veux pas vous désobliger.

Le baron de Creil sentit courir en lui comme un frisson d'espoir : il se rapprochait insensiblement de cette étrangère, si loin de lui au départ ; et puis il faisait comme tous, cette réflexion : on dirait qu'il y a pour certains méfaits applaudis la complicité des choses, enfin il jouissait de savoir la jeune femme dans quelque chose de lui ; cette couverture qui l'enveloppait, il ne la jalousait pas tout à fait, car elle le représentait un peu.

On sait quelle sensation de délivrance on goûte au sortir de longs tunnels ; Mme Maubrel fut particulièrement heureuse d'être rendue à la lumière, et elle allait rendre au baron ce qu'elle avait bien voulu lui emprunter, quand notre héros, qui connaissait sa route mieux que les géographes, lui dit avec persuasion :

— Gardez-la, madame, nous avons encore près de dix souterrains à traverser.

Mme Maubrel ne pouvait plus refuser un compagnon de voyage qui s'était montré si respectueux ; en même temps une idée singulière lui traversait l'esprit.

— Au moins, se disait-elle, celui-là n'est pas un païen, car c'est lui qui perd volontairement ce qu'il pourrait voir de moi.

O vanité des jugements humains !

Précisément une chose contrariait beaucoup le baron, c'est que cette maudite voilette l'empêchait de se rendre bien compte de cette rare beauté; ce joli visage ressemblait à ces textes obscurs où l'on est obligé de deviner la moitié des mots pour rétablir le sens entier. La voilette moderne est un masque à jour qui trompe en bien ou en mal.

Comment se débarrasser de cet importun intermédiaire? D'après ce qu'avait laissé entendre Mme Maubrel, elle devait souper à son arrivée à Lyon (Pérrache), dix heures quinze ; elle ne devait pas dîner en route.

Cependant, comme on s'arrête assez longtemps à Dijon (cinq heures vingt-neuf), éprouvant une

légère migraine, elle se décida à descendre pour
prendre une tasse de thé; Villevierge mit pied à
terre le premier et lui offrit la main; mais sans
profiter de ce secours, elle se trouva sur le quai
et se rendit au buffet.

Il n'était pas fâché de la voir marcher, il y a
des femmes qui, assises, sont des déesses, et qui,
debout, sont à peine de simples mortelles;
Mme Maubrel, en mouvement, était aussi radieuse
qu'au repos : on eût dit une Diane chasseresse en
toilette de ville. Instinctivement, on s'écartait autour d'elle pour laisser sa grâce plus libre; il y a
des marches qui sont des auréoles.

Villevierge expédia pour elle une dépêche si-
gnée Nany (son petit nom d'enfance), ce qui n'était
pas compromettant.

Au buffet, elle leva enfin cette maudite dentelle
qui faisait l'office d'une seconde duègne, et Villevierge eut le temps d'être ébloui. O bonheur! la
grosse épingle fixée dans le chignon et qui rete-
nait la voilette venait de tomber à terre; notre
héros conçut donc un projet hardi qui devait lui

assurer pendant le reste du voyage la vue complète de ces traits faits à la fois pour damner un saint et sanctifier un profane.

Au signal du départ, tout le monde se précipita vers la porte : il s'ensuivit un de ces légers encombrements où l'attention s'oublie ; Mme Maubrel avait eu l'imprudence de ne pas remettre sa voilette ; le baron qui se trouvait derrière la jeune femme, et qui savait que ce malencontreux tissu n'était plus attaché, le fit doucement glisser derrière le chapeau, le cueillit avec une habileté de prestidigitateur et le cacha victorieusement entre sa chemise et sa peau comme un talisman de victoire : car cet homme moderne aimé des dieux ne portait point de flanelle.

Quand Mme Maubrel fut remontée en voiture, elle voulut de nouveau se rendre impénétrable.

— Ah! mon Dieu, dit-elle, j'ai perdu ma voilette.

— Voulez-vous, madame, que j'aille chercher au buffet ?

6.

— Oui, monsieur, dépêchez-vous, fit-elle avec angoisse.

Il revint avec l'expression d'un profond désespoir.

— Eh bien! monsieur?

— Eh bien! madame, on n'a rien trouvé.

— C'est désolant.

— Est-ce que c'était un objet de prix?

— Non, monsieur, mais vous savez bien que pour nous autres, la voilette est à la figure ce que ceci est à la main, et elle indiqua du geste un gant de Suède qu'elle venait d'ôter pour chercher une petite clef dans un sac en cuir de Russie.

Il y a des femmes qui avec le visage découvert croiraient qu'elles paraissent toutes nues.

— Mon Dieu, madame, fit pieusement le baron en allant au-devant de cette pudeur, si vous voulez, je ne vous regarderai pas.

— Vous me prenez vraiment trop pour une prude, répondit-elle; et par un de ces mouvements de légèreté ingénue qui désarmeraient un traître, elle leva à demi comme pour attester la sincérité de ses paroles, sa main dégantée.

Le baron de Creil fut sur le point d'être touché

de cette démonstration ; mais les voluptueux n'ont
pas d'entrailles, et, profitant d'une avance bien
involontaire :

— Restez ainsi, madame, oh! c'est singulier,
s'écria-t-il en examinant gravement cette main
fine dont, sous prétexte de chiromancie, il savoura la souplesse.

— Quoi donc, monsieur ? s'écria Mme Maubrel
en se dégageant.

— J'ai parfaitement lu.

— Vous croyez à ces superstitions-là? demanda-t-elle un peu inquiétée.

— C'est une science, madame, et un jour on
nommera Desbarolles membre de l'Institut.

— Eh bien! devinez un peu ; je vous en défie.

— Allons, se dit le baron, au petit bonheur !
de l'intuition, morbleu! de l'intuition.

— Vous êtes, madame, une nature exceptionnelle.

— Je m'y attendais.

— Ce n'est pas un compliment banal que j'ai
envie de vous adresser ; vous n'avez jamais aimé
à la manière de tout le monde.

— Expliquez-vous.

— Par exemple, enfant, il devait vous déplaire qu'on vous embrassât, même votre père et votre mère.

— C'est bizarre ! comment pouvez-vous savoir?

— L'affection terrestre vous pèse! vous chérirez bien mieux au Paradis; vous faites partie de ces âmes qui regardent comme une souffrance d'être internées dans un corps; vous tenez fort peu à la vie.

— C'est à peu près exact.

— Je vous comprends d'autant mieux que, moi aussi, fit le baron de Creil, je n'ai qu'une ambition, redevenir pur esprit.

— Vous, monsieur? dit-elle, avec une surprise assez désobligeante pour notre héros.

— Oui, moi, madame, j'ai le dégoût de ce monde, de ses conditions grossières, de ses satisfactions corruptibles, et c'est pour cela que je m'en vais à l'immatériel en partant pour l'Italie; Raphaël ne me trompera pas, que diable! et il

prit l'attitude d'un homme affreusement désabusé
de son enveloppe mortelle.

— Quoi! vous seriez un spiritualiste! fit-elle,
dirigeant complaisamment sur lui son lorgnon
d'écaille, comme si elle eût regardé une espèce
perdue.

— Moins que vous, madame, mais comme vous,
répliqua le baron de Creil.

— Vous vivriez d'eau et de racines?

— J'envie le régime des Pères du désert; s
j'étais plus vieux, je me ferais ermite, ainsi!

Sans réfléchir à ce que cette hypothèse renfer-
mait de réticences, Mme Maubrel poursuivit :

— Et vous seriez homme à vous mortifier ?

— Je n'irai pas jusqu'au cilice : il ne faut pas
se faire meilleur qu'on est; mais, tenez, vous
l'avez vu, je ne fume jamais.

— Elle me doit bien quelques petites choses, pensait-il, pour les excellents cigares dont elle me
prive depuis Montereau.

— Et vous êtes..... marié? ajouta-t-elle avec
quelque hésitation.

— Non, madame, j'ai dit à mes parents : Dans cent cinquante ans d'ici, j'épouserai qui vous voudrez ; jusque-là, laissez-moi réfléchir.

Cette boutade fit sourire Mme Maubrel.

— Alors, vous êtes un des derniers partisans du renoncement ?

— Je pourrais le jurer. En effet le baron de Creil avait renoncé à tout ce qui pouvait introduire des épines dans sa vie.

— Eh bien ! je suis charmée de rencontrer quelqu'un avec qui je puisse m'entendre.

Un gai souvenir traversa l'esprit du baron ; il pensa à cette charmante petite bourgeoise qui portait son mari aux nues précisément à la minute où elle le trompait : « Ah ! monsieur, si vous saviez quel honnête homme ! — Oui, madame. — Quelle délicatesse dans ses procédés ! — Oh ! je n'en doute pas. » Et ainsi de suite.

La conversation avait pris un tour tellement surhumain, que notre hardi voyageur ne pouvait s'empêcher d'espérer que les deux interlocuteurs allaient, non pas rentrer, mais se précipiter dans l'humanité. De certaines hauteurs, on tombe de plus en plus vite, comme d'une nacelle de ballon: les hommes sont tués du coup ; il n'y a que les femmes qui aient parfois la vie sauve, si leur robe fait parachute.

Qui veut trop faire l'ange fait la bête, a dit Pascal, et ce jugement n'est pas encore infirmé.

X

DE CHALON-SUR-SAONE A MACON.

Il était six heures trente-quatre minutes à toutes les horloges de la ligne ; l'air fraîchissait, le jour déclinait et le soleil allait se coucher avec un apparat inusité, car le ciel, d'un vert clair et lumineux, se pommelait d'innombrables nuages d'un rose ardent.

7

— Que c'est beau ? fit Mme Maubrel en sa-
luant toutes ces magnificences.

— C'est un roman, répondit-il ; un roman à
beaucoup de personnages, écrit par un Alexandre
Dumas du firmament.

— C'est le premier que j'aurai lu.

— Comment ! madame, vous avez fait cette injure à votre siècle ?

— Dites que je me suis épargné cette injure
à moi-même.

— Pas même Walter Scott ?

— Celui que dame Brigitte appelle : le corrup-
teur écossais. Non, monsieur, tout cela est défendu !

Il y avait dans cette voix neuve un tel accent
de sincérité que le baron faillit éprouver un remords de ses coupables desseins ; le trouble de
sa conscience augmenta quand sa compagne de
voyage lui dit avec intérêt :

— A propos, monsieur, vous n'avez pas dîné
pendant que vous vous occupiez de moi à Dijon ?

On se rappelle que Villevierge avait profité

du temps d'arrêt pour expédier la dépêche de
Mme Maubrel.

— Je suis décidé à ne plus manger, madame,
répondit le baron, qui avait fait à Fontainebleau
un de ces déjeuners d'adieu qui réconfortent pour
plus de vingt-quatre heures : un viatique à six
plats.

— Décidément vous êtes une exception.

— Mon Dieu, madame, la terre m'ennuie. J'ai
tout bonnement un pied dans le ciel ; il serait fort
possible qu'à Naples... Connaissez-vous la Cer-
tosa, madame ?

— Mais je n'ai rien vu, moi, monsieur.

— C'est dommage ; les bons Frères sont plus
heureux que nous.

— Vous vous feriez vraiment Chartreux ?

— Mais pourquoi pas, madame ?

— Vous avez raison ; c'est si doux, le couvent !

Et elle raconta avec feu ces belles années si vite
envolées, le charme des détachements dans l'a-
dolescence, comme ces fleurs à peine écloses que

l'on coupe pour parer l'autel ; la familiarité des
bienheureuses visions, le divin anéantissement
des extases, et tout en remuant ces pages si
blanches de sa vie, elle se grisait de sa parole :
ses joues prenaient un éclat maladif, sa voix avait
comme des notes étranglées.

— C'est singulier, il me semble que j'étouffe,
dit-elle en pâlissant.

— Mon Dieu, madame, fit le baron (qui était
tout quand il le fallait), je suis un peu médecin,
vous devriez défaire un ou deux boutons de votre
corsage.

— On dirait que les forces me manquent.

— Je vous en supplie, permettez-moi, reprit
Villevierge, de m'acquitter pour vous......, ne
me refusez pas mes soins.

Considérez-moi comme une femme de chambre
devenue subitement aveugle, fit-il en fermant les
yeux.

— Oh ! monsieur, murmura-t-elle.

— Il le faut.

Il entr'ouvrit avec prestesse les plis de cette

étoffe que le spasme gonflait davantage ; par une issue discrète, l'air arriva à la poitrine ; Mme Maubrel respira.

— Je vous remercie, dit-elle. Puis, presque aussitôt elle ajouta :

— Je suis brisée.

— Dormez un peu, madame.

— Je vais essayer.

Il était sept heures vingt-cinq, on arrivait à Châlon-sur-Saône. Les salles d'attente étaient pleines, et le baron trembla d'avoir à loger un importun.

Il en fut quitte pour la peur et le train se remit en marche, sans avoir compromis l'avenir de ce duo.

— Je ne puis pas dormir, dit-elle au bout de quelques minutes qui parurent des siècles à tous les deux.

— Je voudrais n'avoir à vous conter que des histoires intéressantes pour tromper votre insomnie, mais, hélas ! je ne sais que la mienne.

— Vous avez donc été éprouvé, vous aussi,

monsieur, demanda-t-elle en se rappelant le visage
un peu altéré de l'inconnu devenu presque un
intime.

— Vous, madame, vous avez eu des années
heureuses ; si je vous disais, fit-il à voix basse,
comme s'il s'agissait d'une confidence, que, mora-
lement, je n'ai pas eu une bonne semaine dans
toute mon existence.

— Et qui vous a fait souffrir ?

— Le cœur.

— On vous a mal aimé.

— Oui, j'ai toujours rêvé les affections d'ici-bas
autres qu'elles ne peuvent être ; il ne faut pas être
idéaliste sur cette terre.

— Oui, mais quelle préparation à un monde
meilleur ; un idéaliste, c'est déjà un élu.

— Au prix de quelles épreuves !

Il lui raconta, élaguant avec soin de son récit
toutes les circonstances temporelles, comment il
avait toujours poursuivi une chimère qui n'avait
jamais pris corps ; elle l'écoutait dans un état de
langueur qui la désarmait contre sa propre rigi-

dité. Chose étrange ! ce mot *amour*, qui revenait
habilement dans ses phrases toutes diplomatiques,
pour la première fois ne la scandalisait pas ; le
poison de la perdition agissait sur elle à si petites
doses qu'elle n'était pas en garde contre l'effet ;
une mollesse inconnue s'emparait d'elle.

Petit à petit les paroles du baron semblèrent
bercer la voyageuse, à la fois surexcitée et pros-
trée ; ses yeux vigilants se fermèrent ; elle s'endormit ; sa belle tête se laissa insensiblement
pencher sur l'épaule de Villevierge, qui accepta
avec toutes les précautions, pour ne pas le perdre,
ce divin fardeau ; il avait relevé, sous prétexte
de s'étendre, la séparation des deux places ; puis,
comme des mouvements violents de lacet impri-
maient au train de fortes secousses, Mme Maubrel,
doucement soulevée comme par une main invisible, perdit l'équilibre et se trouva presque
dans ses bras.

Il sentait la fraîcheur de son haleine et la chaleur de sa peau, et comme le serpent qu'attire
l'atmosphère plus tiède, il s'enroulait pour ainsi

dire autour de cette proie lentement convoitée.

Un murmure confus, quelque chose de comparable au mot d'ordre d'un rêve bizarre, s'échappa de cette bouche immaculée qui s'entr'ouvrait comme le calice d'une rose amoureuse d'une abeille ; le baron invoqua tous les démons de la galanterie et osa imprimer ses lèvres pleines de science sur ces lèvres ignorantes.

Mme Maubrel ne s'éveilla qu'à demi, dans un frémissement qu'elle n'avait jamais ressenti.

— Vous ! monsieur, vous ! dit-elle avec une stupeur attendrie.

La seule réponse en pareil moment, c'est l'éloquence muette, le criminel récidiva.

Elle voulut se dégager de cette étreinte si multiple et si passionnée, mais une sorte d'engourdissement paralysait ses forces, et la fière madame Maubrel perdit un moment la perception nette de ce qui se passait.

Quand elle se retrouva, un déluge de larmes sortit de ses yeux.

— Malheureuse ! fit-elle en se dérobant.

Il employa pour la consoler les arguments les plus persuasifs, mais plus il croyait être habile, plus les pleurs redoublaient.

Le train entrait en gare à Mâcon; il était huit heures trente-cinq; elle aperçut au loin, sur le quai, un grand vieillard à la physionomie dure et froide.

— Mon père est là; il est venu au-devant de moi, fit-elle avec épouvante, et ses larmes se séchèrent comme une source qui tarirait subitement; s'il pouvait ne pas me voir!

Elle se blottit au fond du coupé; le baron de Creil prit d'un tour de main son abrégé de colis, salua respectueusement, mit pied à terre et alla monter dans le train de bifurcation qui se dirige sur Ambérieux.

Pour lui, le drame était joué; pour Mme Maubrel, il ne faisait que commencer.

7.

XI

DE MACON A LYON

— Enfin, c'est vous, ma fille ; je vous cherchais partout, dit le vieillard, en ouvrant la portière ; mais où est donc Brigitte ?

— Elle a manqué le train en route, répondit Mme Maubrel, mais elle arrivera à Lyon demain à la première heure ; je lui ai envoyé une dépêche.

— Et vous étiez toute seule dans ce compartiment ? reprit-il d'un ton interrogateur.

— Toute seule, répondit Mme Maubrel, qui mentait pour la première fois de sa vie.

— Je croyais avoir vu descendre quelqu'un.

— C'était du compartiment à côté, sans doute.

— C'est singulier, vous avez les yeux rouges, on dirait que vous avez pleuré.

— Oui, la poussière de la locomotive m'a beaucoup fatiguée.

— Vous ne m'avez pas embrassé, Thérèse, vous êtes donc toujours la même ; c'est encore moi qui vous donnerai l'exemple.

Il approcha ses lèvres de ces deux joues encore brûlantes des baisers de Villevierge.

Cette caresse paternelle, si digne et si grave, il lui sembla qu'elle venait de la profaner, et elle eut de la peine à se rendre maîtresse de son émotion.

— Que vous êtes bon ! dit-elle, d'être venu au-devant de moi !

— Ne me remerciez qu'à demi ; une affaire

m'appelait à Mâcon, et j'ai profité de votre passage.

— Et ma chère mère, je ne vous ai pas encore
demandé de ses nouvelles.

— Vous la trouverez bien changée ; il n'y a
qu'une chose qui pourrait la remettre.

— Quoi donc, mon père ?

— Un petit-fils.

— Un petit-fils ! Oh ! mon Dieu ! s'écria invo-
lontairement madame Maubrel.

— Qu'avez-vous ?

Tout inexpérimentée qu'elle était, elle devinait
dans quelles conditions fatales elle pouvait être
mère.

— Rien, rien ; rassurez-vous, dit-elle.

— Vous aimez bien votre mari ?

— Je l'aimerai mieux : ma mère sera contente
de moi ; voulez-vous me permettre de prendre un
peu de repos. Je n'en puis plus.

— Faites donc, je vous en prie, Thérèse.

Son supplice extérieur fut interrompu pour
quelques instants ; elle goûta le soulagement de

n'avoir plus à répondre à des questions ; mais cet
état de recueillement exaspéra le supplice intérieur; elle repassait, comme dans un horrible cau-
chemar, les incidents de cette misérable soirée;
elle jetait, de temps à autre, un regard d'effroi sur
cette place prise par son père et qu'occupait tout
à l'heure l'infâme qui avait disparu si vite, car
elle ne se trompait pas.

Malgré la précipitation de cette séparation forcée, elle avait cru lire dans ce regard l'expression
de satiété qui suit le désir satisfait. — Je ne le
reverrai jamais, se disait-elle par une de ces
intuitions subites qu'ont les plus ignorantes.

— Eh bien ! tant mieux, lui répondait sa vertu,
mais son cœur et son orgueil n'acceptaient pas
cette humiliante consolation.

Pendant ce temps, le baron de Creil, plus en-
chanté que désolé, se dirigeait à toute vapeur
vers Genève, où il arriva à deux heures du matin ;
il descendit à l'hôtel Calvin, demanda un perdreau,
une bouteille de léoville et une grappe de raisin,

puis il entra dans sa chambre, léger comme s'il
ne lui était rien arrivé.

En se déshabillant, il laissa tomber par terre un
objet qu'il avait oublié.

C'était la voilette de madame Maubrel.

— Tiens, c'est vrai! je n'y pensais plus; elle
était charmante, tout de même; mon voyage com-
mence bien.

Il mit la tête sur l'oreiller et s'endormit de ce
sommeil de criminel qui a remplacé maintenant
comme douceur le sommeil du juste, et le lendemain, à midi, il se mettait en route pour le lac de
Côme, ne pensant même plus à son aventure de
chemin de fer.

Heureuse insouciance! comme dit Malipieri
dans le *Pont des Soupirs.*

XII

LES SCRUPULES D'UN MARI.

Lorsque Mme Maubrel, vers les dix heures du soir, entra dans la maison paternelle, elle trouva réunis des vieux amis de famille, auxquels s'étaient jointes quelques jeunes amies de couvent, curieuses de revoir la nouvelle mariée ; un très-aimable souper avait été préparé, et c'étaient les plus fines mains qui venaient de dresser les fruits

et de disposer les fleurs. Un souper, à Paris, ce
n'est qu'un troisième repas ; en province, c'est un
événement.

La pauvre femme arrivait là plus morte que
vive ; après les premiers embrassements, à peine
lui donna-t-on le temps de faire un bout de toilette ; il lui fallut répondre aux questions, subir
les regards interrogateurs ; paraître joyeuse de se
retrouver au milieu de tous ceux qui l'aimaient.
La vue de tous ces honnêtes gens, dont l'existence
était sans tache, lui faisait l'effet d'un sanglant
reproche ; elle s'assit avec un poignard dans le
cœur et chaque mot remuait l'arme dans la plaie.

— Tu es bien heureuse, n'est-ce pas, Thérèse ?
disait une pensionnaire avec un accent de naïve
émulation.

— Je suis sûr que votre mari a su vous appré-
cier, reprenait une voix vénérable.

— Il n'y a pas à dire, tu es madame Maubrel à
présent ! Qui aurait jamais dit cela ?

— J'ai su l'histoire du coup de fusil, lui murmurait à l'oreille un vieux chevalier de Saint-

Louis ; recevez mes compliments ; si toutes les
femmes étaient comme vous !

— Vous ne mangez pas, Thérèse ?...

— Vous ne dites rien, ma fille, faisait observer
presque sévèrement M. de Morges.

Mme Maubrel s'efforçait de sourire, paraît
avec quelques mots de commande ces demandes
et ces réflexions qui lui faisaient l'effet d'autant
de coups du destin ; mais au fond elle étouffait des
sanglots sans cesse renaissants ; elle était très-
-pâle, et ses yeux à la fois abattus et étincelants
n'osaient se fixer sur personne.

— Le mariage l'a embellie positivement, reprenait un observateur conciliant.

— Vous m'excuserez, disait-elle à la ronde, la
route m'a tellement fatiguée.....

— Comment ! mon enfant ! s'écriait le chevalier
de Saint-Louis, fatiguée à votre âge pour dix
heures de chemin de fer ? Qu'auriez-vous dit si
vous aviez mis comme moi quatorze jours pour
venir en diligence de Paris à Lyon ? Il ne faut pas
être si petite maîtresse que cela.

—·La route et puis l'orage, reprenait Mme Maubrel pour s'excuser; est-ce que vous n'avez pas eu d'orage à Lyon?

Pour quiconque aurait su ce qui venait de se passer, ce : *Est-ce que vous n'avez pas eu d'orage à Lyon?* était tout un poëme.

— Voyons, Thérèse, à la santé de M. Maubrel! s'écria l'orateur de la table en levant une coupe où perlait le sillery des fêtes trop rares (au même instant peût-être où le baron de Creil dégustait un léoville des belles années, — étrange tableau synoptique).

La malheureuse tendit machinalement ce calice de cristal, et on entendit cette légère sonnerie des toasts qui marquent les heures du festin.

— Il faut pourtant laisser un peu cette enfant se reposer, fit la bienveillance intelligente sous les traits du principal invité.

Mme Maubrel saisit cette occasion de se retirer.

— Nous voulons aller te déshabiller! lui dirent les deux demoiselles de Clairfont.

— Non, chères amies, laissez-moi, répondit
Thérèse, à qui il tardait de se sentir seule.

Enfin, elle se retrouva dans cette petite chambre où elle avait passé sa première enfance et les
mois de vacances, pendant son séjour au couvent.
Rien ne paraissait changé autour d'elle; son lit
aux rideaux de blanche mousseline semblait encore attendre une présence virginale, et au-dessus
de cette commode de citronnier où dormaient
quelques chiffons oubliés, une Vierge compatissante — bonne copie d'un maître inconnu — lui
souriait comme autrefois.

Elle tomba à genoux et se frappa la poitrine
dans un *meâ culpâ* plein de détresse.

— Misérable que tu es, se dit-elle avant d'avoir
commencé une prière, oses-tu bien entrer souillée
dans ce lieu d'innocence? As-tu le droit d'installer
la femme perdue dans ce lit fait pour la jeune
fille pure? De quelle façon le reverras-tu, *lui*,
maintenant? Comment soutiendras-tu son regard?
O sainte Vierge, vous qui êtes si bonne, vous
ne me mépriserez jamais comme je me méprise!

Si je pouvais vous offrir le sacrifice de ce qu'on appelle ma beauté, si je pouvais raser ces cheveux, et elle les dénouait avec rage, voiler à jamais ce visage maudit, elle se regardait avec colère dans une psyché qui refusait de refléter en elle la laideur; mais je suis enchaînée et je ne m'appartiens plus.

Et un torrent de larmes essaya de laver son iniquité encore toute fraîche.

Elle allait s'accuser de nouveau, quand une voix secrète lui dit avec une divine douceur :

— Tu n'es pas l'horrible pécheresse que tu crois ; tu as été inconsciente et non pas scélérate ; tu n'as pas eu le dessein de forfaire à ton devoir ; c'est une surprise des sens, ce n'est point une trahison ; tu n'as livré ni ton âme ni ton cœur, car tu le hais, n'est-ce pas, ce complice passager du crime que tu as cru commettre ?

— Oh ! s'il reparaît devant moi, comme je le chasserai ! fit-elle, répondant pour ainsi dire à cet interlocuteur invisible.

— Aux yeux des hommes, tu peux être la

femme adultère ; mais Dieu ne te lapiderait pas, continua la voix ; relève-toi, et à l'avenir châtie-toi dans ta faiblesse !

Mme Maubrel se mit au lit un peu soulagée ; le ciel eut pitié d'elle, car il lui envoya cette nuit-là un sommeil d'enfant.

Quand elle se réveilla, une brave et revêche figure était devant elle ; c'était Brigitte qui venait d'arriver par le train n° 27.

— Jésus Dieu ! vous m'avez rendu bien inquiète, chère dame. Qu'est-il donc arrivé ?

— Mais rien, Brigitte ; est-ce qu'on t'a questionnée ? fit-elle avec une fausse assurance.

— Personne n'est encore levé, madame ; il n'est que sept heures du matin.

— On pourrait te demander si nous étions seules dans le coupé ; tu répondras que oui, n'est-ce pas ?

— Je veux bien, madame ; mais pourquoi donc cela ? Qui se permettrait de vous soupçonner ?

— Personne. Mais je ne veux pas qu'on reproche à M. Maubrel de ne pas avoir pris le coupé tout entier.

— Et moi qui me suis fait tant de mauvais sang loin de vous !

— Que n'étais-tu là, Brigitte !

— Tenez, je le sens, il est arrivé quelque imprudence ; ce godelureau se serait permis...

— Ce monsieur a été fort convenable ; mais je me sentais mal à l'aise seule avec un étranger...

— Vous pouvez tromper tout le monde ; mais vous ne voudriez pas tromper votre vieille servante ?

— Folle que tu es, à ton âge !

Et elle l'embrassa sur sa peau parcheminée.

Mais, dans ce bon baiser, Brigitte sentit comme un aveu involontaire ; elle ne dit rien, jeta sur sa maîtresse un regard de tendresse aveugle et quitta l'appartement.

Le déjeuner fut assez silencieux. Mme Maubrel paraissait distraite ; on avait à peine desservi qu'elle prit son chapeau et se disposa à sortir.

— Où allez-vous donc, ma fille ? dit M. de
Morges.

— Chez madame de Clairfont, qui est souf-
frante ; j'ai promis à ces demoiselles....

— Bien, vous êtes libre de vos actions.

Mme Maubrel n'avait eu le temps de jeter ni
son nom, ni son adresse à Villevierge ; mais
elle se disait : il a su par le contrôle fait en route
que je me rendais à Lyon ; il est impossible qu'il
ne m'ait pas suivie ; empêché par la présence
de mon père, il a dû se tenir à distance, mais il
m'aura vue entrer dans cette rue, et, j'en suis
sûre, il erre autour de la maison ; je veux lui
ôter l'envie d'y pénétrer.

Mais elle ne connaissait pas le baron de Creil ;
le bourreau était à plus de mille lieues de sa
victime : aucune figure de soupirant ne faisait le
guet aux alentours ; elle attendit plusieurs jours,
à la fois craignant et espérant une lettre. Heureuse d'être délivrée d'un larron d'honneur, blessée en même temps de se sentir délaissée comme
la première venue.

8

A la fin, elle comprit ; et sa haine pour ce
contumace qui ne comparaissait pas devant sa
justice, redoubla d'énergie ; la femme outragée
se révoltait dans la chrétienne ayant horreur de
sa faute, et toutes deux conspiraient à déchaîner
contre le baron de Creil une implacable venge-
resse.

Elle eût voulu prolonger son séjour à Lyon
pour se donner le temps de retrouver ses esprits,
mais Maubrel, impatient, et qui lui avait écrit lettres sur lettres, vint la surprendre pour la ramener.

Il arriva le matin pour repartir le soir ; cette
fois, il prit le coupé entier. Horreur ! c'était le
même que celui qu'elle avait pris en quittant Paris ; elle se rappelait le numéro : 157 ; et Maubrel s'assit à la même place qu'occupait l'usur-
pateur.

Vers la même heure, à peu près sept heures
du soir environ, le savant désigna à sa femme
un point de vue à gauche de la portière : c'était
Sénozan.

— N'est-ce pas que c'est charmant ? demanda-
t-il.

L'heure, le lieu, l'aspect de ce qui l'environ-
nait, rappelaient à Mme Maubrel un odieux souvenir ; elle répondit presque machinalement :

— Vous trouvez ?

Il lui en coûtait de repasser par les étapes de
sa honte ; cette route d'agrément était devenue
un calvaire.

Maubrel remarqua l'effort que chaque parole
coûtait à sa femme, et tous deux devinrent silencieux ; malgré lui le soupçon commençait à le
gagner.

A mesure qu'elle s'éloignait du théâtre du
crime, elle respirait : Paris lui fit l'effet de la capi-
tale de la pénitence.

XIII

LA PREMIÈRE ÉTAPE DE L'EXPIATION.

Elle n'avait plus le droit maintenant de ne pas appartenir à son maître légitime, puisqu'un amant de hasard venait de la posséder ; quand la fausse prêtresse de Vesta a laissé éteindre le feu sacré, c'est bien le moins qu'elle allume la lampe domestique.

Dès le soir même, son parti était pris.

8.

Au moment où Maubrel, fidèle au traité de
neutralité signé depuis cinq mois, allait entrer
tout seul dans l'appartement conjugal et tandis
qu'il croyait sa femme dans sa cellule, il la vit
apparaître déshabillée, prête à se mettre au lit ;
elle s'avançait vers lui comme la statue du Plaisir.

— Vous ! s'écria-t-il avec une stupeur qui paralysait le ravissement.

— Moi-même ; ne suis-je pas votre femme ? et
l'entourant de ses bras elle le caressa avec une
impudeur si gauche qu'il recula épouvanté.

Sous cette provocation factice, il venait de deviner une atroce passivité.

— Vous ne vous livrez que parce que vous
n'êtes plus la même, lui dit-il, et que vous avez
perdu votre propre estime ; l'honnête femme ne
voulait pas de moi, c'est la courtisane qui me tolère ; je ne veux pas du reste de vos faveurs,
vous m'avez trompé.

Elle pâlit devant ce regard qui lisait jusqu'au
fond de son âme.

— Non, dit-elle à voix haute.

— Vous m'avez trahie, avouez-le donc !

— La trahison ne vient pas de moi, je veux vous faire ma confession. Laissez-moi aller me vêtir.

Maubrel fut touché de cette pudeur.

Elle revint bientôt, se posa timidement près de lui, et lui raconta comme à un prêtre l'affreuse aventure de la soirée du 5 septembre.

A mesure qu'elle entrait dans le vif du récit, elle glissait insensiblement de sa place ; lorsqu'elle eût fini, la rougeur au front, elle était aux genoux de son mari.

En ce moment, elle paraissait plus belle que jamais ; Maubrel l'avait écoutée comme un juge, en garde contre toute fragilité.

— Relevez-vous, dit-il. Comment s'appelle cet homme ?

— Je ne le connais pas.

— Vous mentez ?

— Vous osez encore douter de ma sincérité ?

— Soit. Il faut que je le retrouve et que je me venge.

— Maubrel, dit-elle d'une voix sourde, c'est moi qu'il faut venger !

XIV

A LA RECHERCHE D'UN SÉDUCTEUR ANONYME.

Maubrel se réveilla vieilli de dix ans ; il avait, à force de tendresse pour sa femme, accepté cette barrière nocturne qui ne faisait de lui qu'un mari de jour ; peut-être, au fond, comptait-il sur le temps, sur la sollicitude, sur les égards, sur mille adoucissements à ce traité de mariage prohibitif, pour parfaire la cohabitation. Mais ce régime de

poétique neutralité n'était possible qu'à une condition, c'est qu'aucune main étrangère ne profa-
nerait cette idole qu'il élevait si haut dans son
respect.

Or, il y avait maintenant entre lui et sa femme
une barrière bien autrement odieuse que cette
séparation idéale ; c'était le dégoût ; ce vase de
pureté qu'il adorait sans oser en approcher , un
autre l'avait souillé ; que ce fût la faute de la fatalité plutôt qu'une faute personnelle, qu'importe !
Cette chasteté adorable dont il avait besoin pour
se faire lui-même à tant de renoncement était à
jamais ternie ; il pouvait être généreux envers
Thérèse ; il lui pardonnait déjà, mais il l'aimait
trop pour profiter du brutal rapprochement que
légitimait cette ignominie ; son orgueil se refusait à admettre que ce fût un amant de rencontre
qui lui ouvrît la porte de la chambre de sa femme.

Il n'y avait qu'une substance capable de raccom-
moder ce vase brisé : ce baume fait de sang qui
ferme les blessures de l'honneur ; il fallait dé-
pister cet audacieux égoïste qui, pour un trophée

d'une heure, avait enlevé le bonheur de toute
une vie, et le provoquer en un duel à mort ; il ne
pouvait plus jeter les yeux sur sa femme qu'en
qualité de survivant.

Mais où trouver ce personnage ? Mme Maubrel
avait bien pu apprendre à son mari que l'inconnu voyageait en Italie ; mais sur cette terre
des arts où l'on ne trouve plus maintenant que les
grands maîtres de l'ingratitude, il y aurait eu tant
de touristes à dévisager ! Le plus sûr était d'attendre le prompt retour du malfaiteur, car un
Parisien, attaché à Paris, n'est jamais libre que
de la longueur de sa chaîne.

Mais, d'abord, était-ce un Parisien ? Au signa-
lement que Thérèse lui fit de son ravisseur,
Maubrel ne douta pas qu'il n'appartînt à cette
engeance perverse qui sévit entre le café de
Foy et la Maison-Dorée, et qui entend varier la
carte de sa vie aux dépens du bonheur des
autres.

Dans son calcul, il donna un mois à cet impu-
dent pour se représenter ; le criminel se plaît

toujours à revenir au lieu où il a commis le crime.
Puis, qui sait? d'ici là une indiscrétion pouvait
mettre le savant sur sa trace. Habitué à faire
parler les documents les plus évasifs, il consulta
la collection des journaux du boulevard qui se
rapportaient à la date du 5 septembre et des
jours suivants.

Faible consolation !

Il dépouilla donc attentivement les *déplace-*
ments et villégiatures, car enfin son rival était
un misérable distingué, il était possible qu'on fît
mention de son voyage ; il lut dans la *Vie pari-*
sienne, je crois, que M. le vicomte de Trémieux
venait de partir pour Florence, et que le marquis de Ladré avait pris le 5 septembre l'express
pour se rendre à Turin ; informations prises, le
vicomte avait soixante ans et le marquis soixante-
dix : un peu plus loin, cette simple phrase ar-
rêtait le regard : Henri Villevierge vient de quitter Paris pour aller passer quelques semaines à
Edimbourg.

C'était une fausse indication.

Villevierge, comme tous les gens qui se sentent devenir voyants, déroutait perpétuellement la malignité publique ; d'autres pratiquent la fameuse maxime de Royer-Collard : « *Ne parlez de quoi que ce soit à qui que ce soit* » ; lui, quand on lui demandait, avec cette diabolique indiscrétion qui caractérise la race française : Qu'est-ce que vous faites donc, ce soir ? Il répondait : Je vais au sermon du père Monsabré.

En effet, il prenait une voiture pour Notre-Dame ; mais, en route, il disait au cocher : Allez auparavant 37, avenue des Indes. C'était là qu'habitait madame d'Aval, l'amie intime de madame de Bois-Colombes.

De son côté, Mme Maubrel se trouvait dans une situation étrange ; ses yeux, longtemps fermés à tout ce qui n'était pas la lumière morale, venaient de s'ouvrir au monde physique. Pour la première fois, elle voyait son mari tel qu'il était, et elle tremblait, comme conséquence d'une réparation complète, d'être obligée de lui appartenir. Il y avait des moments où elle se disait :

9

« Si je le rencontre, je ne l'avertirai pas. » Mais
sa loyauté et sa fierté outragées reprenaient le
dessus. Elle aida Maubrel dans ses recherches.

C'est alors qu'on vit ce ménage jusqu'alors si
en dehors du mouvement s'élancer à corps perdu
dans le *tout Paris;* il n'était plus question aux
premières, au Bois, aux fêtes les plus recher-
chées que de M. et Mme Maubrel; partout
l'éclatante beauté de Thérèse faisait sensation, et
le *Frou-frou* d'alors, étonné et ravi, ajoutait d'office deux nouveaux noms sur sa liste.

Maubrel, au théâtre ou à la promenade, passait en revue les jeunes élégants d'un air agressif
comme s'il cherchait une affaire : il s'ingéniait à
lire sur ces visages d'adorateurs à l'état latent
un signe de reconnaissance, une lointaine intention de cour, une velléité d'hommage.

— Comme ce grand fat vous a regardée, disait-il à sa femme, serait-ce lui par hasard ?

— Non! répondait-elle avec une rage sourde,
pas encore!

Car elle le haïssait de tout ce qu'elle souffrait

à cause de lui, ce séducteur anonyme, vil comme
la lettre anonyme.

Pendant ces efforts réunis, le baron de Creil,
qui croyait avoir épuisé l'Italie, prenait tranquil-
lement le paquebot pour Constantinople, dans le
but de faire une étude approximative des ha-
rems.

Un jour, une vague ressemblance fit tressaillir
Thérèse; c'était au Théâtre-Français, au foyer;
on jouait *Julie*, d'Octave Feuillet. Maubrel s'en
aperçut, quitta le bras de sa femme et toisa le
promeneur, qui, d'un ton assez impertinent,
lui dit :

— Il me semble que vous me regardez beaucoup, monsieur.

— Je ne fais jamais attention à la quantité, répondit Maubrel.

— Vous êtes un original.

— Cela vaut mieux que d'être une copie.

Deux cartes furent échangées ; Mme Maubrel s'évanouit; les journaux du temps recueil-
lirent avec enthousiasme cet écho de théâtre.

On se battit le lendemain au pistolet ; le monsieur faillit payer cher l'honneur d'avoir un sosie,
car Maubrel lui fracassa le bras. Mais la chance
tourna, et ce fat logea une balle dans le corps
de l'hébraïsant, entre je ne sais plus quelles côtes.

On rapporta Maubrel presque mourant rue des
Lions-Saint-Paul ; il souffrait horriblement, mais
un regard de sa femme le guérit de toutes ses
tortures.

— Je suis sûr de moins lui déplaire, mur-
murait-il entre deux cris de douleur.

En effet, il se transfigurait aux yeux de Thérèse : sa vulgarité et son âge, elle ne les apercevait plus qu'à travers le sacrifice : pour la
première fois de sa vie, Maubrel était jeune
et beau.

Elle le soigna avec un dévouement angélique,
passant les nuits dans cette chambre où elle n'é-
tait jamais entrée en qualité d'épouse, défiant la
fatigue, domptant le sommeil, attentive à un
signe de tête, suppléant le médecin à force de
vigilance.

Le pauvre savant la suivait d'un œil attendri ; lui qui n'avait jamais dit que *vous* à sa femme, il profitait de cette longue agonie pour la tutoyer.

— J'ai bien soif, Thérèse ; donne-moi à boire.

Puis, au milieu de la nuit :

— Où es-tu, Thérèse ? ne m'abandonne pas.

— Je suis là, mon ami, au pied de ton lit.

— Est-ce que tu m'aimes un peu ?

— Tu le verras quand tu seras revenu à la santé.

— Oh ! c'est bien fini, va !

Et comme elle cherchait à le dissuader :

— Qu'importe, mon amie, puisque je meurs pour l'amour de toi ; embrasse-moi !

Ce premier baiser fut le dernier. Maubrel perdit connaissance et expira quelques heures après.

Elle le contemplait jalousement, comme si elle eût voulu disputer sa proie à la mort ; cet indifférent d'il y a un mois, c'était presque le bien-aimé d'aujourd'hui.

La mort de Maubrel fournit un fait-divers des

plus remarqués. Tout Paris assista au service, des reporters auxiliaires notaient les assistants.

A l'église nos plus grands chanteurs se surpassèrent.

Thérèse prit le grand deuil, s'enferma chez elle et ne voulut plus voir personne.

Sa seule distraction était d'aller toutes les semaines au cimetière renouveler les fleurs sur la tombe de son mari. Sur une plaque de marbre noir on lisait :

CI GIT LOUIS-FRANÇOIS MAUBREL

MORT A QUARANTE-SIX ANS

PRIEZ DIEU POUR LE REPOS DE SON ÂME

— Ah çà ! Ugène, dit un jour un apprenti fainéant à son camarade, en voyant cette belle femme agenouillée, et après avoir lu l'épitaphe, il y a donc une âme ?

— Je ne sais pas, Polyte, allons causer de ça chez le marchand de vins.

XV

OU L'ON VOIT REPARAÎTRE LUCIEN DE CHAMPFRÉMONT.

Au bout de six mois, Mme Maubrel cou-
sentit à recevoir quelques visites : une vieille
douairière qui connaissait M. et madame de Morges, lui demanda la permission de lui présenter
son petit-fils, un jeune homme charmant.

Thérèse sourit tristement.

— Une pauvre veuve comme moi n'est guère

bonne à voir; mais amenez-le, ne fut-ce que pour
lui faire faire un peu pénitence.

Le jeudi suivant, madame Maubrel vit entrer,
donnant le bras à la douairière, un très-joli garçon à l'air sentimental et aux manières presque
cérémonieuses.

Un léger défaut gâtait la parfaite régularité de
son visage; au coin de l'œil gauche on apercevait
comme un petit trou et quelques gouttes de sang
extravasé.

— Un accident de chasse, fit la douairière.
Un maladroit qui a failli éborgner mon pauvre
Lucien.

Au bout d'un quart d'heure, la douairière demanda la permission d'aller arracher à Brigitte
le secret d'un entremets et laissa son petit-fils
en tête-à-tête avec Mme Maubrel.

Elle le regardait avec une expression involon-
tairement compatissante.

— Madame, lui dit-il dès qu'ils furent seuls,
cette prétendue blessure de chasse, c'est le coup

de fusil que j'ai reçu de votre mari; je vous ai
entendue crier : Feu !

— Pauvre enfant, dit Mme Maubrel, je suis
vraiment confuse....

— Oh ! je n'accuse que moi, madame, et c'est
moi qui vous demande pardon de votre cruauté,
car je vous aime plus encore que dans ce temps-
là ; et maintenant que vous êtes libre...

— Monsieur Lucien ! interrompit-elle.

— Je puis vous prouver ma sincérité : j'ai
l'honneur de vous demander votre main. Nous ne
sommes pas des étrangers ; je vous ai déjà été
présenté sur ce mur.

Et il désigna le fond du jardin.

— Nous réfléchirons à ces folies-là, dit-elle
gravement ; il est encore bien tôt pour les entendre.

— J'attendrai votre bon plaisir, madame, répondit respectueusement Champfrémont.

Il attendit dix-huit mois pendant lesquels
Mme Maubrel, à qui il plaisait beaucoup, vécut

partagée entre le besoin d'être heureuse et le
besoin de se venger.

— Je ne vous refuse pas votre demande, lui
répétait-elle; patientez, j'aurai peut-être besoin
de vous.

Tant que l'homme du 4 septembre existerait,
elle ne voulait se donner à personne.

— Je finirai bien par le rencontrer, disait-elle;
mais c'est bien long.

Sa beauté avait pris un caractère plus imposant
et en même temps sa coiffure, qu'elle portait à la
mode de Londres, avec des cheveux courts rame-
nés sur le front, changeait absolument sa physionomie. Elle avait l'air d'une héroïne de kep-
saeke.

Un soir, dans un salon — elle était encore en
demi-deuil — elle venait de jouer un morceau
de Schumann, quand la maîtresse de la maison lui
dit :

— Ma chère, je voudrais bien vous présenter
un de mes bons amis, retour d'Orient; et elle
appela doucement Villevierge.

Villevierge se retourna et se dirigea vers Mme Maubrel qui, à force de volonté, domina son émotion.

Il salua profondément, s'assit auprès d'elle et se mit à causer.

Il s'était passé tant de choses depuis deux ans que le baron de Creil, qui avait la mémoire très fugace, ne se rappelait même plus son aventure sur la route de Lyon ; à combien de nous n'est-il pas arrivé d'oublier des figures que l'extrême intimité semblait avoir fixées dans le souvenir ?

Elle le regarda bien en face, découvrant le passé pour ainsi dire ; au bout de quelques minutes elle fut fixée.

O bonheur ! ô fatalité ! il ne l'avait pas reconnue.

— Me ferez-vous le plaisir de venir me voir quelquefois, monsieur, demanda-t-elle ; vous me raconterez vos voyages.

— Charmé, madame, dit-il en s'inclinant..

Elle se remit au piano, Villevierge écouta radieux ; puis on annonça que la voiture était arrivée.

Elle quitta le salon.

— Délicieuse femme ! fit le baron en la voyant
se retirer.

— C'est une surprise que nous vous ménagions,
mauvais sujet.

— Cette fois, murmura Mme Maubrel en montant en voiture, cette fois, je le tiens !

XVI

UN PLAN DE BATAILLE.

Si madame Maubrel avait eu le repentir moins
militant, le ciel avec lequel elle renouait des rapports diplomatiques, ne lui eût accordé ici-bas
qu'une demi-réparation : elle se savait dans Lucien
de Champfrémont un chevalier de son honneur,
et il ne lui aurait pas été difficile de lever un
corps de soupirants qu'on eût appelé : *les Ven-*
geurs de madame Maubrel.

Sous un prétexte facile à trouver, Lucien, qui était un des meilleurs élèves de Robert, provoquait le baron de Creil, peu familier avec l'épée, et délivrait les chemins de fer de ce monstre.

Après le décès inévitable, Mme Maubrel lui faisait le terrible aveu d'un égarement de quelques minutes, et, dans un élan de générosité, Lucien passait outre ; elle devenait Mme de Champfrémont, perspective qui lui souriait, car, depuis la révélation involontaire qui datait de Sénozan, Thérèse n'était plus la même; l'ange, après vingt ans d'immatérialité, rentrait dans les conditions terrestres ; cette âme farouche daignait se réconcilier avec le corps. Le médiateur de cette affaire avait tout ce qu'il fallait pour réussir dans cette épineuse négociation ; Champfrémont avait des manières très-douces, avec la figure la plus intéressante du monde.

Mais du moment où lui survenait cette bonne fortune inespérée, n'être pas reconnue par Villeviergé, hasard moins extraordinaire qu'on ne pense, un peu impertinent peut-être pour sa va-

nité, mais si respectueux pour son orgueil, tous
les plans étaient changés, Mme Maubrel se re-
dressait de toute sa vertu outragée, concevait un
magnifique plan de réhabilitation, et, à cette sainte
entreprise, elle sacrifiait héroïquement Champfrémont.

Comme nous n'avons rien de caché pour nos
lecteurs, nous leur dirons tout de suite que, bra-
vant les impossibilités, M^mé Maubrel se pro-
posait de se faire épouser par le baron de Creil.

— Le baron de Creil ! y pense-t-elle ? vont-ils
me répondre ; l'instabilité faite homme, le mouvement perpétuel en amour, le président de la
république des éphémères !

Ce furent précisément là les exclamations que
poussa Mme de Tangé, une vieille très-mondaine
et confidente très-dévouée, quand la jeune femme
s'ouvrit à elle de ce gigantesque travail.

— Comment, ma chère, vous voulez abandonner
Champfrémont ?

— Oui, j'ai changé d'idée.

— Mais vous ne savez donc pas ce que c'est
que M. Henri Villevierge?

— Un mauvais sujet. Je m'en doutais, répondit
froidement Mme Maubrel.

— Si ce n'était qu'un vaurien, comme tous les
hommes, passe encore, mais c'est le *baron de
Creil.*

— Mais je ne vois pas ce qu'il y a dans ce
titre-là...

— Ignorez-vous qu'on ne l'appelle ainsi que
parce que pas une femme—il ne s'est pas adressé
qu'à des créatures, le drôle—ne compte pas plus
de dix minutes dans son existence. Creil, dix
minutes d'arrêt ! Vous avez entendu ce cri-là ?

— Eh bien ! il n'y a pas que des voyageurs, il
y a aussi des habitants à Creil ; il n'y passera
plus, il s'y arrêtera pour tout à fait ; ses insolentes
dix minutes deviendront une humble éternité.

— Alors c'est la rage de faire des conversions
abandonnées par les spécialistes ; vous voulez
guérir les incurables, quelle folie !

— Peut-être un jour, ma chère madame de Tangé, direz-vous : Quelle sagesse !

— Pauvre Lucien, que les meilleures femmes sont coquettes !

— Ah ! ne me brisez pas le cœur, fit Thérèse en se levant brusquement, vous êtes une amie ?

— Une amie qui vous aime, espèce rare.

— Eh bien ! ne me demandez plus rien ; ne me grondez pas, secondez-moi.

— Que puis-je faire ? parlez.

— Il faudra, je vous avertirai quand il en sera temps, que vous parliez vous-même à ce prétendu baron de ce mariage.

— Faire des avances pour vous à ce pilier de cabinet particulier ! y pensez-vous ?

— C'est vous qui, à l'heure indiquée par moi, l'amènerez à cette idée.

— Mais vous l'aimez donc ?

— Peut-être.

— Allons, dit M\ me de Tangé avec un soupir, les femmes sont plus impénétrables que Dieu.

En rentrant à Paris après un exil hygiénique de

deux grandes années — les médecins vous recom-
mandent parfois d'être un peu proscrit — Villevierge fut d'abord très-occupé ; quand un ami était
venu le chercher à la gare, son premier mot — il
pensait aux figures inédites qui avaient dû se
produire pendant son absence — son premier
mot fut un cri du cœur :

— Y a-t-il des nouvelles ? demanda-t-il avec
une douce anxiété.

— Peuh ? fit le camarade qui était un philosophe
blasé, toujours la vieille garde, celle qui se rend
et ne meurt pas. Malvina du Titien, Myria, Méphistophéline, Pauline du Sud, Poussecafé, madame d'Aval.

— Assez, morbleu ! fit le baron en interrom-
pant l'énumération ; ah ! ça, en France, il n'y a
donc que les gouvernements qui changent ; voilà
pour la circulation, mais pour la réserve ?

— Ah ! il y a une apparition miraculeuse, mais
cela ne te concerne pas ; tu ne t'attaques plus aux
femmes difficiles, toi, et pour cause.

— Oh ! si je voulais bien...

— Elle ne voudrait pas,

— Nous verrons cela. Comment s'appelle cette
personne étonnante?

— Mme Maubrel, tout bonnement.

— Où cela se montre-t-il ce prodige-là ?

— Tu n'as qu'à aller chez les de Fresne, tu la
contempleras, la plus incomparable de toutes les
veuves.

— Encore une veuve !

— Oh ! mais celle-là, on ne serait pas un suc-
cesseur, on serait un créateur ; son mari n'a été
pour elle qu'un frère.

— Oh ! je connais toutes ces légendes-là : les
maris sont des frères comme les peuples !

— Ce que je te dis est officiel : tu sais bien
que les maîtres n'ont rien de caché pour leurs domestiques ; eh bien ! Justine, qui a été chez les
Maubrel, et qui maintenant est première femme
de chambre chez Mme d'Aval, garantit ce poëme
d'innocence mutuelle.

— Ah bah !

— Dépêche-toi, Champfrémont serre de très-
près Mme Maubrel.

— Oh ! Champfrémont !

— Prends-y garde! c'est le fort en thème de
l'amour.

— Les fainéants bien doués ne craignent pas
les piocheurs.

— Bonne chance! mais je crains bien que tu
ne te décourages tout de suite ; dix minutes, c'est
un peu court pour enlever un pareil obstacle.

— J'en accorderai vingt, je me figurerai qu'il
est arrivé un accident.

Villevierge ne se retrouva pas sans un peu
d'émotion dans son entresol hospitalier du boulevard des Capucines, maison commode où l'on
peut entrer et d'où l'on peut sortir sans que personne vous remarque ; il y a trois couturières et
deux modistes à chaque escalier.

Une gelée blanche de lettres non décachetées
couvrait la table du salon ; il dépouilla cette correspondance en retard, où il n'y avait qu'une
seule lettre d'homme ; rien de saillant, quelques
demandes d'argent, un ou deux rendez-vous indi-
qués, des nouvelles de protégées en voyage, quatre
ou cinq placets de jeunes aspirantes qui voulaient

entrer aux Variétés pour la Revue ; total : cent louis d'économies pour n'avoir pas répondu.

Ce fut le soir de ce beau jour que Villevierge se rendit chez les de Fresne et qu'il fut présenté à Mme Maubrel.

XVII

Malgré l'admiration que lui inspirait cette nouvelle connaissance, il resta toute une semaine
avant de se décider à se rendre rue des Lions-
Saint-Paul.

— C'est si loin ! se disait-il chaque jour après
midi ; comment peut-on demeurer là quand on

n'est pas au dix-septième siècle? Il semble qu'on
vieillisse de cent ans en émigrant dans ce quar-
tier-là.

Il se décida, un beau jour qu'il trouva un de
ces cochers fringants, qui aiment à escamoter les
distances par la vitesse.

Le cœur lui battit légèrement, quand il sonna
à la porte de l'hôtel Maubrel ; quelque chose l'a-
vertissait qu'il allait tenir là un *banco* au Destin.

Ce ne fut plus dame Brigitte qui vint ouvrir ;
la pauvre Brigitte avait suivi de près son maître :
une jeune femme de chambre, assez jolie ma foi,
se chargea de ce soin, et Villevierge fut tout de
suite bien disposé à l'aspect de cette figure ave-
nante.

— Madame Maubrel est-elle visible ?

— Le nom de monsieur ?

— Voici ma carte.

— Si monsieur veut bien prendre la peine de
monter.

Villevierge fut introduit dans un salon à la fois
riant et sévère, orné de quatre panneaux de ta-

pisserie des Gobelins ; des rideaux de quinze-
seize rouge clair ravivaient ces couleurs amorties ;
du milieu du plafond découpé, en caissons de bois
à fleurs dorées, descendait un lustre en cristal de
roche ; le bruit des pas s'amortissait sur un tapis
d'un seul ton ; un ameublement Louis XIV, du
style le plus pur, complétait l'harmonie de cette
pièce.

Près de la cheminée, où flambait un feu ré-
jouissant — on était à la fin d'octobre — Mme Maubrel se tenait à demi couchée sur une chaise
longue et brodait ; le jour était sombre ; il était
impossible de reconnaître dans cette maîtresse
femme la timide voyageuse de 1866.

— Vous êtes le bienvenu, monsieur, dit-elle en
répondant par une légère inclinaison au profond
salut de Villevierge : c'est courageux à vous, un
Parisien, de se souvenir de ce pauvre vieux Paris
qui ne trouve que des ingrats.

— J'ai moins de mérite que vous ne le suppo-
sez, madame, on m'a tant parlé de vous !

— Et que vous a-t-on dit de moi, monsieur ?

— Un bien considérable, madame, et j'ai été
tout de suite de l'avis des honorables préopinants;
si vous pouviez penser de moi le centième de ce
que nous pensons de vous...

— Vous êtes trop modeste, monsieur Villevierge. Monsieur et madame de Fresne s'applau-
dissent de vous connaître et de vous recomman-
der ; ils prétendent que vous êtes le plus sûr des
amis.

— Mon Dieu, madame, je suis un grand pécheur,
mais j'ai quelques qualités.

— A tout pécheur miséricorde ; mais dites-moi,
pourquoi toutes ces précautions oratoires ?

— Parce que chaque fois qu'on fait visite à une
nouvelle connaissance, madame, on est toujours
précédé par la calomnie, et que je tiens à mériter
vos bonnes grâces.

— C'est très gracieux ce que vous dites là ;
passez-moi mon éventail qui est là à côté de vous.

— Voici, madame. Vous avez habité l'Angleterre, n'est-ce pas ?

— Non, mais j'ai été élevée avec des Anglaises;
pourquoi ?

— C'est qu'il n'y a, en fait de Françaises, que
vous qui réussissiez à porter ainsi les cheveux.
Oserai-je vous demander, madame, s'il y a longtemps que vous vous coiffez ainsi ?

— Je ne sais pas trop quand j'ai commencé : je
suis si peu changeante, moi, monsieur !

— Le fait est que cela vous va si bien qu'on a
dû toujours vous voir ainsi.

— Vous êtes un profond physionomiste, monsieur Villevierge.

Notre héros ne saisit pas l'épigramme, et, désignant un excellent portrait de Ricard :

— Monsieur Maubrel, n'est-ce pas, madame ?

— Oui, c'est mon mari.

— On le regrette beaucoup dans le monde des
savants.

— C'est une grande perte que j'ai faite.

Villevierge crut devoir jeter un nouveau coup
d'œil au bonhomme, qu'il trouva assez vilain.

— Une tête bien expressive, poursuivit-il, fai-

sant la cour aux morts pour plaire aux vivants :
quelle fin tragique !

— Oui, c'est la seule fois que Dieu n'ait pas
été juste ; mais il y a des impunités qui ne sont
que provisoires. Laissons là ce triste sujet.

— Pardonnez-moi, madame, d'avoir réveillé vos
douleurs.

— Elles ne dormaient pas, monsieur, et c'est
pour cela que je veux les tromper. Mon intention
est de recevoir un peu cet hiver ; je serais flattée
de vous compter parmi mes fidèles.

— Je reviendrai, madame.

— Revenez souvent, dit-elle avec un sourire
qui était une invitation en blanc.

Villevierge sortit fort satisfait de cette première
entrevue, et par la fenêtre de son cabinet de toilette, elle le vit s'en aller tout rêveur.

Il se disait : « Après tout, ce serait une charmante maîtresse. »

— Oh ! je sais bien ce que tu penses, collec-
tionneur, murmura-t-elle en le devinant, mais je
ne serai pas ta maîtresse, je serai ta femme.

XVIII

COMMENT UNE JEUNE FEMME FAIT QU'ON DÉPOUILLE LE VIEIL HOMME.

Généralement, chez nous tous, commun des mortels, les obstacles irritent les désirs. Chez le baron de Creil, qui avait été admirablement doué par la nature, ils les éteignaient; quand il voyait une bonne fortune élever des barricades pour se faire acheter chèrement, il ne s'ingéniait pas à

10.

tenir un siége en règle ; il prenait tout doucement une autre rue, en disant :

— La vie est extrêmement courte , il reste
encore sur cette terre plus de trois cent mille
femmes admirables à voir : *mirabile visu*. Si je
tiens seulement à découvrir le bout de leur nez,
il faut que je me dépêche.

Entendons-nous : il n'exigeait pas des adhésions
électriques et il avait horreur des maîtresses
toutes faites ; la résistance légale et sincère d'un
objet de prix ne lui déplaisait pas, mais il exécrait
les femmes difficilement faciles qui tout d'un coup
s'avisent de hérisser de défenses des faveurs-ba-
nales ou illusoires, et qui se comportent avec leur
petite personne comme ces bons bourgeois avec
des ustensiles de ménage qu'ils exposent dans une
vitrine à l'admiration des fidèles.

Les marchands de curiosités ont donné le nom
de *rêveurs* à ces amateurs ingénus qui croient
posséder un Teniers ou un Miéris dans une pauvre
petite copie dont la patine du temps fait un trompe-
l'œil ; ne pourrait-on pas appeler les *rêveuses* ces

coquettes qui s'attribuent une valeur prodigieuse
et qui ne méritent au moral comme au physique
que l'attention la plus modeste ?

Fat, en latin, avait un féminin ; pourquoi, en
français, n'a-t-il qu'un masculin ? Singulière ano-
malie, ajouterait M. Prudhomme.

Il y a une coquetterie sacrée, c'est la coquetterie instinctive de la femme, digne de nos *soins*,
comme on disait aux grands siècles, et qui n'entend qu'on parvienne jusqu'à elle que degré à
degré, de même qu'on monte lentement les marches d'un escalier d'honneur.

Elle est de bonne foi ; elle vous aime et elle
espère toujours se dérober à l'amour ; elle vous
fuit tout en vous recherchant ; tout en vous at-
tirant, elle vous repousse ; on sent chez elle le
combat loyal de la fragilité humaine et de la
vertu céleste, son orgueil d'ailleurs caresse votre
vanité ; car elle exige qu'on s'ennoblisse pour
qu'elle descende elle-même et c'est en vous éle-
vant qu'elle tombe. La plus adorable des femmes,
c'est la présidente de Tourvel dans les *Liaisons*

dangereuses ; la *Julie* de Rousseau est une pé-
dante ; *Manon Lescaut* a trop de boue de Paris
à ses petits talons ; la présidente de Tourvel,
c'est la maîtresse idéale.

Mme Maubrel jouait donc gros jeu en es-
sayant de *chambrer*, suivant le terme des joueurs,
un personnage aussi volatil que le baron de Creil ;
il fallait ne rien laisser deviner de ses projets ;
l'amener tout doucement à prendre le chemin de
la rue des Lions-Saint-Paul, et se rendre indispensable à cet homme unique qui pouvait se passer de tant de gens.

Il revint quelques jours après et trouva Mme de
Tangé installée près de Mme Maubrel ; cela
l'ennuya un peu ; il comptait sur un tête-à-tête
et se sentait en verve ce jour-là. Ne voulant
pas perdre le fruit de ses bonnes dispositions, il
proposa à ces dames de les conduire au Palais-
Royal où il avait une loge ; le baron de Creil
n'aimait pas à aller seul au théâtre ; on jouait le
Carnaval d'un merle blanc, pièce qui n'a rien
de séditieux pour la morale publique. Mme de

Tangé fit un signe de tête à Mme Maubrel
et toutes deux acceptèrent. Le scélérat n'avait
pas choisi sans motif ce théâtre : « Plus elle rira,
pensait-il, plus elle sera désarmée. »

Après le spectacle, on vint prendre des glaces
à Tortoni ; Villevierge ne fut pas fâché de traverser les salons en montrant la plus jolie femme
de Paris et du département de la Seine.

Il eut l'honneur de reconduire Mme Maubrel
chez elle, sous la présidence de Mme de Tangé,
qui habitait le quai de Béthune.

Le mardi suivant, le baron fut plus heureux :
Mme Maubrel était seule ; la visite fut courte
et bonne. Mme Maubrel, qui était en train de
soigner les plantes de sa serre, lui offrit une
rose. Villevierge sortit décoré de l'ordre des soupirants favorisés.

A quelques jours de là, il reçut une invitation
à dîner de Mme Maubrel ; lui qui ne pouvait
plus manger un anchois en dehors de la *Maison
Dorée*, il accepta galamment cette corvée.

Il trouva là avec Mme de Tangé, Mlles de

Clairfont et leur mère ; plus un ancien rece-
veur des finances, qui portait une perruque de
la nuance des cheveux à la mode ; on eût dit
qu'il avait scalpé une cocodète.

Le dîner fut suffisamment gai. Mme Maubrel
remarqua — symptôme de bon augure — que
le baron ne faisait qu'une attention distraite
à Mlles de Clairfont, qui étaient toutes deux fort
jolies ; évidemment il était en train de perdre
son universalité galante.

La fière Mme Maubrel se mit au piano et
chanta l'*Ave Maria* de Gounod ; le baron, qui,
comme tous les bons viveurs, détestait la musique, ne put s'empêcher d'être ému par un timbre
si pathétique et si pénétrant.

Chose étrange, il lui semblait par moments
que le son de cette voix d'or avait déjà frappé
son oreille.

— Chère madame, lui dit-il en lui adressant
tous ses compliments, vous êtes bien le soprano
que j'avais rêvé, car, sur ma parole, je vous ai
déjà entendue en songe.

— C'est une découverte, cela, monsieur, des pressentiments en musique! répondit-elle avec une courtoise ironie.

Villevierge était à mille lieues de préciser un souvenir aussi fugitif; elle ne lui laissa pas orienter sa mémoire, car, avant de s'approcher de la table :

— Vous seriez bien aimable, lui dit-elle, d'offrir du thé à ces dames.

Le baron de Creil débuta bravement dans ce rôle, d'échanson de l'eau bouillante; Mme Maubrel récompensa cette abnégation par un petit regard qui voulait dire : Courage, tout ira bien !

— Si pourtant mes amis du club, se disait-il, savaient que ce soir j'ai répété deux ou trois fois : Pas de crème, mademoiselle ?

Pourtant il s'en alla ce soir-là d'un pied plus léger que d'habitude.

— Est-ce que je serais amoureux, par hasard? se demanda le baron en allumant un *regalia de reña*, qui brûlait plus longtemps qu'il n'avait jamais brûlé lui-même, quelle plaisanterie ! Et,

après quelques hésitations, il entra au foyer de
l'Opéra, où il s'entretint très-sérieusement avec
Mlle Cardinal, qui ne faisait que de poin-
dre ; des amis voulurent l'entraîner à souper
avec les maréchales de la vieille garde, mais il
répondit :

— Merci, je me couche de bonne heure ce
soir.

Il était une heure du matin.

— On m'a changé mon baron, fit Pauline du
Sud en apprenant cet étrange refus.

Villevierge attendit avec impatience le jour de
la visite de digestion ; Mme Maubrel était souf-
frante et ne put pas le recevoir ; il fut de très-
mauvaise humeur toute l'après-midi ; évidemment
la lionne du Marais, comme on l'appelait, commençait à lui manquer.

Il envoya prendre religieusement de ses nouvelles et fut admis à se représenter vers le 20 no-
vembre. Madame Maubrel lui marqua en le re-
voyant un plaisir un peu trop tranquille.

— Savez-vous, madame, lui dit-il, que grâce

à vous, je viens de passer douze jours comme une âme en peine ?

— Vous, monsieur Villevierge ? Oh ! c'est touchant ! Je croyais que vous n'étiez jamais qu'une âme en joie.

— Raillez, raillez, madame ; on n'apprend que trop tard ce que nous valons, nous autres pauvres boulevardiers, comme on dit maintenant.

— Vous n'en êtes pas encore à votre épitaphe, grâce à Dieu !

— Ma foi, madame, je ne connais que quelqu'un au monde qui puisse me réconcilier avec la vie, c'est vous.

— En quoi faisant ?

— En m'accordant un peu d'affection.

— Ne sommes-nous pas de vieux amis de six semaines ?

— L'amitié est une bien belle chose, mais....

— C'est tout ce que j'ai sur moi, riposta d'un ton sec Mme Maubrel ; est-ce que vous avez entendu Faure dans *Don Juan* ?

11

Si toute autre femme avait coupé ainsi une déclaration, Villevierge se fût rebiffé ; il répondit avec mélancolie :

— Vous n'avez pas voulu me permettre de vous envoyer une loge ; je n'ose pas sans vous me présenter à M. Mozart.

— Ah ça ! mon cher monsieur, est-ce que vous me prenez pour un cicérone ?

— Oui, madame ; si vous voulez me montrer le bonheur, je vous suis.

— Le bonheur, fit-elle en soupirant, il y a longtemps qu'il est sorti de ce monde ; on ne sait pas quand il rentrera.

— Si vous vouliez, au moins, m'autoriser à l'attendre.

— De quoi parlez-vous ? que signifie cet air funèbre ?

— Eh bien, madame, reprit impétueusement le baron, vous prétendez que le bonheur est sorti, moi je sais qu'il est ici et j'ai quelque chose de particulier à lui dire.

— Alors, je vous cède la place, dit-elle en se
levant.

— C'est à moi de me retirer. Quelle reine
vous faites, madame !

— Si je n'avais que des sujets tels que vous...

— Qu'est-ce que vous feriez?

— J'abdiquerais.

— Eh bien! abdiquez en ma faveur.

— Monsieur Villevierge, vous êtes consigné
pour quinze jours.

— Permettez-moi de baiser la main qui me
frappe.

— Décidément, vous êtes incorrigible.

— Non, puisque vous me recevez à correction.

— Avez-vous connu des gens qui ne savent
pas s'en aller?

Villevierge se rassit.

— J'ai surtout connu des gens qui savaient
rester. Vous ne voyez donc pas, madame, que
je vous aime ?

— Cela ne me regarde pas; voyez Mme de
Tangé.

Le baron crut devoir se jeter aux genoux de Mme Maubrel qui sonna immédiatement.

— Vous ne voulez pas, je suppose, que ma femme de chambre vous surprenne dans cette position ridicule?

— Elle n'est ridicule, madame, que quand on a des rhumatismes, fit Villevierge en se relevant.

Et il se sauva pour ne pas être congédié.

XIX

SCRIPTA MANENT.

— Voyons, se dit-il en rentrant chez lui, je
ne me reconnais plus ; moi qui étais le déplacement quotidien, je tourne à l'inamovible ; il faut
brûler ses vaisseaux, voilà quarante-sept jours
que je soupire comme un collégien, soyons
homme ; on m'a souvent dit que j'avais l'éloquence
épistolaire : ce qu'on n'ose pas dire, on l'écrit.

Et il prit la plume pour rédiger un ultimatum bien senti ; mais il ne trouva pas une idée. Le style télégraphique l'avait brouillé avec l'expression des sentiments ; il était pourtant si prolixe autrefois !

Le lendemain, il alla trouver une demoiselle devenue célèbre, et qui faisait collection d'autographes.

— Est-ce que vous auriez encore mes lettres d'amour ? demanda-t-il avec intérêt.

— Oui. Pourquoi ?

— J'aurais besoin de consulter le paquet.

— Clémence, apportez-moi le dossier V.

Le baron dévora ses anciennes pattes de mouche.

— Voulez-vous bien me prêter celle-ci ? fit-il en montrant un papier un peu jauni.

— Je ne prête plus rien.

— Alors, laissez-moi la copier.

— Drôle d'idée. Comment ! vous vous pillez vous-même ! Allez.

Villevierge ne rougit pas d'être son propre pla-

giaire, et le soir même il envoyait cette seconde
édition à Mme Maubrel, qui, dès le lendemain,
la lui fit retourner par Mme de Tangé avec ces
quelques mots :

« Cher Monsieur,

« Mme Maubrel me charge de vous renvoyer la
lettre incendiaire que vous avez cru devoir lui
écrire et qui s'adresserait mieux à des personnes
plus combustibles ; j'ai cru remarquer, en effet,
que le romanesque la touchait moins que le respectueux.

« Recevez tous mes compliments.

« B. de Tangé. »

— Tu sais, lui avait dit la veille un bon petit
camarade, tu ne l'auras pas, ta Mme Maubrel.

— C'est ce que nous verrons, fit-il piqué d'honneur. Allons voir madame de Tangé, voilà l'alliée
qu'il faut gagner.

— Ah ! c'est vous, monsieur Villevierge, fit la
vieille femme, quel bon vent vous amène ?

— J'ai besoin de sagesse, je viens m'approvi-
sionner.

— Je ne sais pas si ce qui me reste vous suf-
fira.

— Soyez sérieuse, j'adore Mme Maubrel.

— Eh, bien ! qu'est-ce qui vous empêche de
l'épouser ?

— Me marier !

— Que prétendiez-vous donc ? demanda Mme de
Tangé avec une sévérité qui contrastait avec son
ton d'indulgence habituel.

— Pardon de mon exclamation ; mais certaines
choses dites à bout portant.....

— Ne seriez-vous pas bien à plaindre : vingt
mille livres de rente, une veuve dont les rosières
seraient jalouses.

— Et qui me parlerait sans cesse de son *pre-*
mier.

— Collégien que vous êtes, le *premier* ce sera
vous.

— Quoi ! M. Maubrel..., vous ajoutez foi à
ce décompte des *Mille et une nuits* ?

— M. Maubrel est mort sans avoir seulement
rencontré les doigts de sa femme.

— Je n'ose vraiment pas....

— Allons ! du courage ; tout Paris vous regarde, vous ne pouvez plus reculer.

— Ce que c'est que de nous, fit Villevierge.
Eh bien! madame, voulez-vous vous charger, près
de Mme Maubrel, de cette démarche délicate ?

Mme de Tangé, le soir même, se rendit rue des
Lions-Saint-Paul.

Le baron attendait, très-pâle, dans une voiture,
près de l'église?

— Je vous salue, dit-elle, ô le plus heureux
des hommes! vous êtes admis à faire votre cour!

Un mois après, une incroyable nouvelle répan-
dait la consternation dans Paris ; on apprenait
que le baron de Creil, l'espoir du célibat, allait
se marier comme un simple mortel, et cinq à six
cents voix de femmes ne se gênaient pas pour
l'appeler renégat.

11.

XX

COMME ON QUITTE LA VIE DE GARÇON.

Il y avait un personnage que cet étrange dé-
nouement — le mariage du baron de Creil — sur-
prenait douloureusement : c'était Lucien de Champ
frémont, qui, retenu en province auprès de sa
mère mourante, et puis en danger lui-même à la
suite de cette perte cruelle, n'avait pu suivre le
progrès de cette intrigue. Se sentant goûté de

Mme Maubrel, il se reposait sur la loyauté de
cette vaillante femme, qui lui avait déjà montré
ce qu'elle valait ; car, si elle le goûtait comme
candidat légitime, il portait encore les traces du
châtiment subi comme soupirant illicite. Pour un
futur mari, c'était un certificat de bonheur.

A l'origine, il n'avait pas fait au baron de Creil
l'honneur de s'inquiéter de lui ; il était bien sûr
de deux choses : que jamais Mme Maubrel ne
prendrait un amant, et que jamais Villevierge ne
se résoudrait à se présenter comme mari ; il ne
redoutait donc pas un véritable rival dans ce vi-
siteur peut-être un peu assidu.

D'ailleurs, Mme de Tangé, qui tenait à mé-
nager les jours du baron de Creil — jours devenus
précieux — avait, par des lettres charmantes, en-
dormi toutes les susceptibilités de Lucien. « Ma
chère Thérèse parle souvent de vous, lui écrivait-
elle ; elle a encore fait votre éloge hier. Combien
elle vous met au-dessus de votre génération ! »

Lorsque Champfrémont, en arrivant à Paris,
apprit les bruits qui couraient, il ne fit qu'un

bond de la rue Saint-Arnaud chez Mme Maubrel.

— Est-ce possible ? lui dit-il, je n'ai voulu rien croire.

— C'est exact, je vais devenir Mme Villevierge.

— Et vous avez pensé que je laisserais ce double malheur s'accomplir ?

— Oh ! je sais que vous pouvez provoquer M. Villevierge et vous rendre maître de sa vie ; vous n'en ferez rien, c'est un sacrifice que je vous demande au nom de notre commune affection.

— Comment ! madame, vous avez encore le triste courage...

— Oui, dit-elle, c'est vous que j'aime, et c'est lui que j'épouse.

— Qu'il est cruel à vous de vous complaire à ce jeu de paroles !

— Vous croyez que c'est un jeu ; en douterez-vous maintenant ? et en même temps elle baisa la chère cicatrice que Lucien portait au visage.

— Oh ! madame, vous me rendez fou ; ordonnez, j'obéirai.

— Ne me demandez plus jamais rien, Lucien,

reprit-elle gravement, je ne pourrai plus rien
vous accorder.

— Oh ! madame, dit Lucien qui était un véritable spiritualiste, je vivrai de ce baiser-là ! mais,
au nom du ciel, daignez m'expliquer.

— Respectez mes secrets, comme vous me respectez moi-même, Lucien.

Il y avait tant de tendresse et de douleur dans
sa voix, que M. de Champfrémont se tut tout
ému.

— Je ne vous reverrai jamais puisqu'il le faut.

— Vous me reverrez, dit-elle avec un doux
sourire, c'est moi qui entends vous marier, et vous
me promettez d'aimer Berthe de Clairfont comme
vous m'avez aimée ; je veux que vous soyez heureux.

Elle lui tendit la main ; Lucien aurait pu y imprimer ses lèvres ; il se contenta de la serrer
silencieusement, et, le soir même, il repartait
pour Fontaneveaux, la propriété de sa grand'mère.

Lorsque Villevierge s'éveilla après la nuit qui
avait suivi cette grande résolution, il roula, pendant

ces premières minutes où les joueurs ne se sou-
viennent pas des pertes de la veille, il roula, dis-
je, dans sa tête, quelques projets galants, puis,
tout d'un coup, poussant un cri de détresse :

— Ah! mon Dieu, fit-il, je suis marié ou tout
comme. Marié! moi, le baron de Creil! est-ce
admissible? et il se tâta pour s'assurer de son
identité.

Le cœur lui battit fortement, ce cœur ressem-
blant à une montre qui depuis dix ans n'aurait
pas été remontée ; ce suicide l'effrayait ; puis il
recomposa dans sa pensée la personne de sa
femme, ne parvint pas à lui découvrir une imperfection, pesa le pour et le contre de cet immense
changement d'existence, et pensant à toutes les
séductions qui l'attendaient dans Mme Maubrel,
réfléchit que si la route était longue, les pro-
visions de prestige ne manqueraient pas, et finit
par dire : « Bah! après tout, il n'y a que le premier mariage qui coûte. »

Il s'habilla gaiement et alla regarder le premier ban qui se publiait à la mairie.

Pendant ce temps, les lettres anonymes pleu-
vaient chez Mme Maubrel, et elle se disait : « Je
serai forcée de prendre un secrétaire. »

Le baron qui, après tout, n'était pas un effronté
sans scrupules, employa ces quinze jours à se
refaire pour ainsi dire un abrégé de virginité.

XXI

LES CENDRES DU PASSÉ.

Étrange scrupule religieux pour un viveur de
tant d'irréligion ; le baron était de ceux qui « conservent toutes les lettres », comme les gens avisés
« conservent toutes les factures. »

Depuis l'épître torrentielle (comme la sortie),
où la bien-aimée absente s'épanche en quatre
pages bien pleines, avec des lignes écrites en

travers, jusqu'au billet laconique et fiévreux an-
nonçant le premier rendez-vous ; depuis ces jolies
confidences de pensionnaire qui ressemblent à un
herbier mis à la poste, car elles contiennent des
petites fleurs séchées, jusqu'aux demandes d'argent déguisées de manière à ne pas être recon-
nues ; depuis les pattes de mouche les plus fri-
voles jusqu'aux anglaises les plus impérieuses ;
depuis les coups de griffe jusqu'aux pattes de
velours, le baron de Creil n'avait laissé rien se
perdre de son immense correspondance, pas
même les enveloppes ; le purisme et l'excès de
naturel dans l'orthographe lui étaient également
sacrés, et nous n'aurions pas parié que les *fautes*
d'une blanchisseuse ne frôlaient point parfois les
impeccabilités d'une sous-maîtresse.

Une simple objection : Comment ! cet homme
que vous dites si fort, il *écrivait*, quelle faiblesse !
Le baron depuis longtemps ne prenait plus la
plume que pour faire des reçus, mais on lui avait
énormément écrit, et autant il détestait les lettres
pour son propre compte, autant il était charmé

de trouver, en rentrant, sur la table de son salon, un poulet de provenance mystérieuse; l'écriture féminine représentait déjà une jouissance
pour lui ; jamais, dans ses dossiers, il n'avait
mélangé les deux sexes.

En attendant, ses tiroirs étaient des musées (on
ne sait pas ce qu'on peut amasser avec un peu d'ordre) : rubans de cols qui gardaient comme le parfum
d'une peau blanche et tiède ; rosettes de cheveux
qui ne devaient jamais blanchir et qu'une petite
faveur rose ou bleue protégeait contre toute dés-
union ; mouchoirs volés ; masques à côté d'un
portrait ; roses embaumées qui avaient paré le
creux d'un corsage ; chiffons étonnés de se trouver en possession masculine ; ces mille riens qui
résument la vie, objets profanes qui survivent
aux personnes et finissent par usurper l'autorité
des reliques, le tout à côté de liasses compro-
mettantes, où l'on tombe tout de suite sur des
mots comme ceux-ci : « Il sait tout. »

Eh bien, malgré une certaine superstition, car
enfin il y avait des pièces très-avouables dans

cette galerie particulière, le baron de Creil éut le
triste courage de jeter au feu, le grand purifica-
teur, ces galantes archives ; èlles flambèrént
avec un petit bruit boudeur qui avait l'air de
dire : « Pourquoi nous brûles-tu ? »

Les vraies tendresses qui ne voulaient pas se
commettre avec les affections banales, voltigèrent
un instant comme dès âmes séparées de leurs
corps et montèrent au ciel en flammes légères par
le tuyau de la cheminée ; tout le reste ne fut
bientôt plus qu'un peu de papier noirci où cou-
rurent des étincelles moins fugitives que le con-
tenu.

— Allons ! s'écria le baron avec un soupir, on ne
dira pas que je n'ai pas dépouillé le vieil homme ;
voilà mon passé réduit en cendres ; ce spectacle-
là voudrait un congrès de belles-mères : voyons,
tout est bien fini, il ne reste plus rien à détruire ?

Et d'un savant coup d'œil il interrogea les pro-
fondeurs de son armoire à glace, la salle d'attente de bien des secrets qu'il enfermait ensuite
en lieu sûr.

Entre deux de ces chemises tellement riches,
qu'on ne les met jamais, il aperçut un bout de
dentelle noire qui passait; il amena à lui cet
objet insolite.

C'était une voilette noire, la voilette de l'incomparable voyageuse envers laquelle il avait eu des
torts sanglants ; ce trophée oublié exhalait une si
divine odeur d'aventure que le baron crut devoir
lui faire grâce, en se disant avec complaisance :

— Il faut avouer que j'ai été un bien grand misérable.

Il relut quelques bons auteurs, s'étudia à ne
plus regarder les femmes dans la rue, et se mit
à un régime de petite ville, lui qui était le plus
terrible des noctambules. Si bien que sa femme
de chambre (le baron détestait le service des
hommes) se permit de lui dire :

— C'est étonnant combien Monsieur devient
pot-au-feu !

— Eh bien, Juliette, ne suis-je pas dans mon
rôle, puisque je me marie.

Le baron était donc très-convenablement res-
tauré quand il parut à la cérémonie.

L'église Saint-Paul offrait, le 10 décembre 1868,
un coup d'œil féerique. Il faisait une de ces journées tièdes et brillantes qu'on croirait volées à
l'été de la Saint-Martin ; et le sport pour le
Tout-Paris avait été de se rendre à la messe de
mariage du baron de Creil. Jamais le mémorable
monument ne renferma autant de fidèles qu'il con-
tint d'infidèles ce matin privilégié. Mais voilà où
éclata le triomphe de la morale : il y avait là des
centaines de baronnes de Creil, il n'existait qu'une
madame Villevierge.

Les fumeurs examinèrent avec attendrissement
la sépulture de Jean Nicot ; les esprits forts se
dirent : Lui aussi, il *fait une fin !* les chignons
multicolores s'inclinèrent pieusement ; tout le
monde fut dérouté, car le baron ne regarda personne ; il rayonnait de satisfaction intime, car ses
ennemis lui prophétisaient qu'il ne pourrait plus
se marier, et la majesté conjugale déterminait un
nimbe autour de sa tête de viveur sanctifié.

Pauline du Sud disait, en sortant, à madame
d'Aval :

— On croirait que c'est arrivé.

Et madame d'Aval qui ne devait jamais édifier
que son prochain... hôtel, répondait non sans
quelque indulgence pour le catholicisme :

— On dira ce qu'on voudra, les sacrements
ont du bon.

XXII

LA PREMIÈRE NUIT DE NOCES ET LES AUTRES.

Villevierge contempla un instant avec une piété
de néophyte cette alcôve nuptiale qui lui faisait
à la fois l'effet du berceau de sa vie nouvelle et
du tombeau de son ancienne existence ; puis il
s'achemina gravement vers ce théâtre des sé-
rieuses délices.

Thérèse le reçut avec bonté, et fermant à démi

12

les yeux pour ne pas être infidèle à elle-même,
pensa un peu à feu Maubrel et beaucoup à Lucien
de Champfrémont.

Villevierge eut le bénéfice de ce double recueillement. Pour être tout à fait sincère, il s'attendait à une victoire plus disputée, mais il ignorait
que c'était lui-même qui avait préparé cette red-
dition aussi glorieuse d'ailleurs que si-elle avait
été plus longue ; le livre divin de l'amour, nul ne
l'avait ouvert avant lui, mais il ressemble parfois
à ces ouvrages qui se publient tout coupés ; le
baron était trop amoureux pour reprocher au
hasard cette intervention, et après avoir prouvé
qu'il savait lire il médita dans un rêve charmant
sur les plus sérieux paragraphes.

Thérèse profita de cette extase pour descendre
du lit et se rendre à pas de loup dans son ora-
toire, et là, donnant à une grande photographie du
savant un ardent baiser qui eût fait tressaillir de
rage son second mari :

— Maubrel, fit-elle avec exaltation, me voilà
enfin rentrée dans mon honneur !

Et elle reprit sa place en regardant avec une colère satisfaite le placide visage de Villevierge ; on eût dit qu'elle veillait un ennemi.

Car sur l'horrible grief qu'elle venait d'amortir, il s'en greffait un autre tout aussi vivace : elle en voulait au baron de Creil de ne l'avoir prise pour femme qu'après avoir échoué dans son projet de la prendre pour maîtresse.

Le lendemain elle l'évita savamment, tout en faisant patte de velours, et le malheureux baron se dit pour la première fois :

— Est-ce qu'elle aurait pris au sérieux ma théorie des dix minutes ? Mais il se calma en pensant qu'elle regrettait d'avoir cédé trop vite.

Cette neutralité armée ne pouvait se prolonger au delà d'un temps moral. A force de prévenances et d'artifices, Villevierge rompit de nouveau la glace ; Mme Villevierge s'adoucit et parut le voir d'un œil plus favorable.

La conduite du baron fut exemplaire pendant plusieurs mois ; il n'évoqua pas un souvenir, n'articula pas une parole qui eût trait à son scanda-

leux passé ; il semblait, en toute humilité ou en
toute franchise, ne dater que de sa femme ; elle
lui sut gré de brûler si religieusement tout ce
qu'il avait adoré, et un soir qu'ils devisaient tous
deux au coin de la grande cheminée du salon,
elle lui présenta une corbeille remplie de lettres
de toute grandeur.

— Qu'est-ce que c'est que cet amas de dépê-
ches ? demanda-t-il.

— Autant d'actes d'accusation contre vous ;
jetez-moi tout cela au feu.

— Alors vous renoncez aux poursuites ?

— C'est une ordonnance de non-lieu.

— Puis-je embrasser mon juge ?

— Sur le front seulement.

— Je voudrais bien descendre la peine d'un
degré.

Une énorme lueur se mit à danser au plafond :
c'était les lettres anonymes qui pétillaient avec
des parfums de cire fine ; Villevierge contemplait
avec transport ce généreux auto-da-fé.

— Comme mes ennemis pétillent bien, s'écriait-
il en attisant ce brasier de médisances.

A partir de ce moment, Thérèse demeura partagée pour son mari entre la sympathie et l'ani-
madversion ; tantôt elle se reprochait de trouver
du plaisir à ses caresses, tantôt elle était tentée
d'oublier pour lui ses deux prédécesseurs abstraits :
feu Maubrel et Champfrémont.

— Vous avez été longue à vous habituer à moi,
lui dit un jour Villevierge.

— C'est vrai, répondit-elle avec sa crânerie
ordinaire, mais vous n'en avez que plus de mérite
d'avoir apprivoisé ma sauvagerie. Seulement,
songez-y bien, Henri, ne me trompez jamais, je
suis d'un caractère entier, je me vengerais d'une
façon énergique.

— Et que feriez-vous donc, ma chère ? vous
êtes une honnête femme, je ne crains rien de vous,
et je ne crains personne.

— Oh ! je ne vous trahirais pas, mais j'ai un
autre moyen.

11.

— Je serais curieux de le connaître !

— Faites en sorte, au contraire, de toujours l'ignorer, et s'apercevant qu'il devenait soucieux, elle recourut à ce message de l'esprit qu'on opère avec un baiser. L'inquiétude de Villevierge disparut comme par enchantement.

— Elle a voulu m'effrayer, se dit-il avec un peu trop de béatitude. Qu'importe d'ailleurs, puisque j'ai fait un bail énorme avec la légalité.

XXIII

DE BERTHE DE CLAIRFONT A MADAME VILLEVIERGE
(CONFIDENTIELLE).

Fontaneveaux, le 6 mars 1869.

CHÈRE THÉRÈSE,

C'est toi qui as fait mon mariage. Le moins
que je te doive, c'est de t'apprendre si je suis

heureuse. Eh bien ! il faut l'avouer, car ce n'est
pas ta faute, je crois que décidément, je ne suis
pas née pour le bonheur.

Lucien est parfait pour moi ; il est impossible
de se montrer un mari plus correct dans le meilleur sens du mot ; il s'incline respectueusement
devant mes caprices, et prend mes ordres comme
s'il n'était que l'intendant de mon existence. Mais
je surprends parfois chez lui un petit air résigné
qui ne laisse pas de froisser mon amour-propre :
j'aurais la prétention de faire plutôt des élus que
des martyrs, et si je devenais coquette, j'aurais
plaisir à lui prouver que la résignation sied surtout à ceux qui soupirent pour moi ; mais je crains
qu'il ne me fasse l'honneur de ne pas être jaloux.

Toute notre situation peut se résumer en quelques mots : il me chérit, si l'on veut, mais il ne
m'*aime* pas, et il y a des moments où je préférerais des sévices mêlés de vrais élans, à cette
affection froide et polie qui me fait frissonner à
dix-neuf ans ; sa courtoisie est toujours attentive,
mais sa pensée, malgré lui, est souvent distraite.

Sa personne physique est pleine d'assiduité, mais
on dirait que son âme ne rentre jamais. On dirait madame Benoiton logée chez le dieu Terme.
Il vient d'inventer de grands travaux d'amé-
nagement à Fontaneveaux pour pouvoir être seul,
sous prétexte de surveiller ses ouvriers ; il s'en-
ferme dans son cabinet pour étudier des rapports,
car il prétend qu'on lui a forcé la main pour être
du conseil général, comme s'il était d'âge à faire
un ambitieux, et quand je lui dis alors :

— Lucien, voulez-vous que j'aille broder près
de vous ? nous travaillerons ensemble.

Il me répond avec une amabilité diplomatique :

— Comme vous voudrez, ma chère; vous savez bien que vous ne me dérangez jamais.

Et si j'ai l'imprudence d'ajouter :

— Mais embrassez-moi donc !

Il trouve toujours une ingénieuse défaite pour
s'être laissé prévenir, comme celle-ci, par
exemple :

— Oh ! c'est que j'avais peur de vous décoiffer.

Il veut bien reconnaître que je suis jolie, je le

sais et j'en demeure flattée ; mais en dépit de
toute sa bonne grâce, je m'aperçois bien que mes
caresses lui sont insupportables. Et voilà ce qui
me mortifie ; il m'élude tout en se dévouant à
moi ; quel singulier cadeau tu m'as fait là : un
mari qui est la docilité même et qui se dérobe
toujours !

J'ai fait une enquête habile pour savoir si quelque autre plus heureuse ne possédait pas Lucien,
car, à proprement parler, je n'ai que la nu-pro-
priété de mon mari ; mais fort heureusement les
recherches ont été vaines et je ne me suis pas
découvert de rivales. Tout était possible, car ton
protégé est fort joli homme, et les femmes, se rappelant leurs goûts de petite fille, raffolent volontiers des poupées. Une certaine conseillère de
Lyon, entre autres, n'aurait pas été fâchée de me
prendre M. de Champfrémont, mais Lucien a
bravement décliné cette candidature, et le mari
de la dame est furieux.

Nous causons suffisamment, mais de choses
neutres ; nous abordons souvent des sujets si

élevés que j'appelle en riant Lucien mon ascen-
seur. Chaque fois que la conversation tend à
prendre un tour personnel, Lucien rentre dans
sa réserve par des petits sentiers connus de lui
seul ; un soir cependant, j'ai réussi à le captiver.
Je venais de prononcer ton nom et j'avais cru
remarquer un peu de trouble sur son visage.

— Qu'avez-vous donc, mon ami? lui deman-
dai-je.

— Quand je pense, répondit-il en m'entourant
de ses bras, que sans elle, je ne vous aurais jamais connue !

Lucien ne m'avait guère habituée à ces dé-
monstrations de tendresse ; et je me dis avec
ravissement : C'est un cœur qui aime à se faire
attendre. Mais quand je voulus répondre à cette
étreinte :

— Vous alliez beaucoup chez madame Maubrel ? repris-je.

— J'étais un de ses amis les plus dévoués,
c'est vrai.

— Comment la trouvez-vous ?

— Superbe, répliqua-t-il avec sang-froid ; seulement, je ne peux pas souffrir les brunes.

Que veux-tu, on aime à entendre ces impiétés-
là quand on est blonde, et on éprouve même
quelque plaisir à les répéter.

— Que devient-elle ? fit-il avec un ton d'ingratitude qui me peina.

— La fondatrice du ménage-modèle ; on la
cite partout à l'ordre du jour.

— Étrange mariage que le sien, pourtant.

— Pourtant M. Henri Villevierge...

— Un homme qui trouverait le moyen de dou-
bler les sept péchés capitaux.

— Elle n'en a que plus de gloire de dompter
ce pêcheur féroce.

— Oui, mais tous les dompteurs finissent par
être mangés.

Si je te rapporte cet entretien, ma bonne Thérèse, c'est que j'étais, Dieu me pardonne, un peu
jalouse de toi : mais j'ai bien vu que je vous ca-
lomniais tous les deux ; après tout, si vous vous

étiez aimés, qu'est-ce qui vous empêchait de vous épouser ?

Lucien m'a mise ensuite sur le chapitre du couvent, et là il a écouté de toutes ses oreilles.

Ah ! les belles années où nous échangions de douces confidences, toi rêvant de n'être qu'à Dieu moi me contentant d'un rôle plus modeste. Comme nos destinées ne nous appartiennent pas ! Je ne pensais plus te retrouver qu'à la grille d'un parloir, et te voilà une de nos principales mondaines ; c'est moi qui deviens une recluse ; tu devrais bien venir me décloîtrer.

Quand Lucien m'aimera-t-il ? Prie pour moi, toi qui as gardé, j'en suis sûre, ton crédit auprès de ce Dieu, qui se repent d'avoir fait M. Littré.

Je t'envoie une provision de bons baisers : mon mari me fait si riche !

Ta fidèle,

Berthe de Champfrémont.

P. S. J'ai le projet d'aller passer quelques semaines à Paris, et je comptais aller te demander

l'hospitalité. Lucien m'a tellement affirmé que
cette indiscrétion ne se commettait plus et que le
bon ton était de descendre à l'hôtel, que j'ai renoncé formellement à cet anachronisme. »

Madame Villevierge savoura avec une volupté
égoïste cette épître, inconsciente du roman qu'elle
cachait. Thérèse était sincère ; autant elle avait
mis de désintéressement à faire le sacrifice de
Lucien de Champfrémont, autant il ne lui déplaisait pas de découvrir qu'elle restait toujours aimée, fût-ce au prix du bonheur d'une amie.
Cette idée d'un cœur enchaîné qui ne battait que
pour elle apaisait son âme endolorie et caressait
son orgueil ; en se sachant cet amoureux dans le
désert, elle se sentait plus forte contre ce mari
qu'elle avait un peu de peine à traiter en amant ;
sa loyauté ne lui permettait plus de donner signe
de vie à l'être qui appartenait à une autre, mais
elle ne lui défendait pas de jouir de cette passion silencieuse, et quand Villevierge rentra, il
fut frappé du nouvel éclat que présentait la physionomie de sa femme.

— Vous êtes rayonnante aujourd'hui, fit-il avec inquiétude.

— J'ai reçu de bonnes nouvelles, répliqua-t-elle, en le soumettant à un examen comparatif qui ne fut pas à son avantage.

— Ah ! M. de Morges va mieux, reprit Villevierge, en interprétant dans un sens tout de famille la réponse de Thérèse.

— Mon père a pu sortir hier, continua-t-elle en profitant de l'occasion qu'on lui offrait de donner le change sur le véritable état de sa pensée.

— Embrassez-moi, s'écria Villevierge, qui était toujours à l'affût d'une faveur.

— Pas aujourd'hui, soupira-t-elle avec une coquetterie qui ôtait toute rigueur au refus.

— Pourquoi cette pénitence ? Je croyais au contraire que c'était jour de fête.

— Précisément ce n'est pas la vôtre ; laissez-moi mes petites piétés.

— Je vais en vouloir à M. de Morges.

— A votre aise, mon ami ; mais qui vous dit que je n'ai pas fait un vœu ?

— Diable! pourvu alors que mon beau-père ne fasse jamais de longue maladie! Je vous laisse. Je vais à la vente de lady Dowesly, pour vous rapporter ce *bonheur du jour* que vous désirez si fort..

— Comme vous êtes bon!

— Je m'améliore, cela est certain ; il ne tient qu'à vous que je finisse par donner des dividendes.

— Vous êtes ce qu'on appelle une valeur qui se reclasse.

— Vous connaissez donc la langue des affaires?

— Vous ne saviez donc pas qu'un agent de change m'a fait trois mois de cour?

— Et vous avez refusé la corbeille? Je me sauve. Aurez-vous du monde cette après-midi?

— Non, je ne veux recevoir personne.

— C'est bizarre, on dirait que je suis consigné aussi.

— Vous allez arriver trop tard.

— Je répare le temps perdu en ne vous disant même pas adieu.

Et Villevierge s'élança dans un coupé rapide qui le mena en vingt minutes avenue du-Roi de Rome.

Restée seule, Thérèse, dans l'innocence de son cœur, observa tacitement le Saint-Lucien, et elle prit la plume pour répondre à la lettre de Berthe, en s'amusant de ce qui après tout n'était pas même une infidélité platonique.

XXIV

CHEZ MADAME D'AVAL.

Quelques trimestres s'écoulèrent ainsi : Villevierge déroutant la sagesse des nations, s'ache-
minant à paraître le modèle des maris, et une
improbable lune de miel commençait à luire sur
ce ménage solidifié ; Thérèse était à la fois flattée
et piquée de la sincérité de cette conversion inat-
tendue : parfois, dans ces moments où les bles-

sures de l'orgueil se réveillaient, elle ne pouvait
s'empêcher de murmurer :

— Je n'aurai donc pas la joie de le prendre en
défaut !

Mais la chrétienne aimante reprenait vite le
dessus et lui répondait d'une voix qui allait au
cœur :

— Il baise si dévotement les cicatrices, que tu
ne dois plus te souvenir où tu as souffert.

L'effet de ce dialogue avec elle-même la rendait plus caressante et plus coquette, et Villevierge
se sentant en progrès auprès d'une jeune femme
qui, au bout du compte, aurait été une maîtresse
accomplie, se disait, tout en allant faire un bouquet dans le jardin de l'hôtel :

— Les malins qui font profession de boire ex-
clusivement à la *coupe des voluptés* sont de mauvais dégustateurs ; ce n'est pas si amer que cela
la vertu !

Dans les grandes maladies morales, comme
dans les grandes maladies physiques, la nature
tend un piége dont on ne se défie pas assez : elle

vous offre, avant l'heure fatale de la rechute, une
période de bien-être qui rassure tout le monde;
on se croit sauvé parce que le principe morbide
est en congé, ou que le démon du Midi prend ses
vacances; on s'abandonne avec délices à cette
sensation de renouvellement qui suggère au moins
stupide l'illusion qu'il a fait peau neuve; on est de
bonne foi et l'on remercie, les larmes aux yeux, le
médecin de l'âme et le médecin du corps.

Mais dans l'ordre spirituel comme dans l'ordre
matériel, l'homme est né incurable, quoiqu'il ait
parfois l'air guéri.

Ce fut précisément le jour où l'heureux époux
de madame Maubrel crut au couronnement de sa
propre délivrance, que le mal le guettait pour reprendre possession d'un client si distingué; le
baron de Creil allait reprendre le dessus sur
Henri Villevierge. Hélas! sur cette planète jon-
chée de serments on n'est jamais fidèle qu'à soi-
même.

Il s'était fait les raisonnements les plus avanta-
geux, il se disait : Qu'est-ce que Paris aurait en-

core la prétention de m'apprendre ? j'ai épuisé la
matière de la révélation, et Thérèse réalise tout
ce que j'ai rêvé. Je suis le joueur qui n'a plus une
émotion à demander au tapis vert, et je me suis
retiré avec un splendide bénéfice : du diable si
je ne touche jamais une carte ! le roi de trèfle se
remarierait que je ne tiendrais pas à connaître sa
femme !

Une seule épine blessait notre héros sur son lit
de roses : il se sentait un peu trop enterré dans
sa profonde félicité ; le nom d'un viveur qui se
marie se prononce souvent avec une intonation
qui équivaut à un *ci-gît*. Il voulait bien oublier
pour son compte, mais il lui déplaisait d'être si
franchement oublié ; or, Paris est la ville qui manque le plus terriblement de mémoire, et la Seine
n'est pas autre chose que le Léthé moderne. Entre
l'éclat à outrance et l'obscurité définitive, il n'y a
que l'épaisseur d'une carafe frappée. Pendant dix
ans, vous étiez l'homme indispensable de toutes
les fêtes ; demain on demanderait volontiers qui

vous êtes; on affecte même une certaine impudeur
dans le délaissement.

Qu'était devenu le temps où il semblait que la
Cité du plaisir attendît pour être tout à fait en appétit, la présence du baron de Creil? Où était cette
cour d'officieux qui déjeunaient d'un de ses bons
mots et dînaient d'une de ses maximes? Où étaient
ces regards flatteurs qui le saluaient favori? Maintenant il avait beau être au fond le plus fortuné
des hommes, il n'en éprouvait pas moins, en passant inaperçu dans la foule, comme l'impression
d'une disgrâce.

Etait-il donc victime lui-même de cette trans-
formation critique qui s'opère chez les êtres définitivement *remisés*, et qu'il avait tant plaisantée
dans l'autres sexe? Le mariage, ce sacrement qui
engraisse, l'avait-il apaisé? Arrivait-il à cette bouf-
fissure lâche qui décompose d'une façon comique
les types les plus purs — comme une figure de
médaille qui aurait subitement une fluxion?

Non! les glaces les plus sévères ne se refu-

saient pas à reconnaître que le baron n'avait rien
perdu de son allure fringante, et cependant l'A-
venture, cette passion de toute sa vie, s'écartait
de lui avec autant de sans-gêne que s'il eût été
signalé au mépris des chercheuses par un embon-
point gauche ou par le relâchement des tissus.
Plus de coquet manège autour de sa personne ;
plus de billets mystérieux ; plus de rencontres
habilement amenées ; plus de visages attentifs sem-
blant, à un moment donné, dire : C'est lui ! l'*odor di
femina* qui le suivait partout l'abandonnait avec
ingratitude.

Enfin, il trouvait qu'on ne jalousait pas assez
son bonheur ; il aurait voulu que l'apparition de
M. et de Mme de Villevierge fût un événement :
que la galerie murmurât, un « *Lui, marié !* » avec
un frémissement d'admiration pour la beauté qu'il
avait au bras ; en un mot, ce libertin n'eût pas
été fâché de faire un scandale d'honnêteté.

Mais on laissait passer avec une respectueuse
indifférence ce couple qui eut dû être irritant ; pour
les irréguliers, la rentrée dans l'ordre est le pre-

miers des isoloirs. Quelques oseurs auraient
trouvé drôle d'infliger à Villevierge la peine du
talion ; mais d'abord notre héros était de ceux
qui tiennent les *amis* à distance, et d'autre part,
le regard impérieux de Thérèse déconcertait les
vilains projets. Cette génération pressée n'a plus le
temps d'aimer les femmes difficiles.

Si bien qu'un certain soir où il avait dû assister
à je ne sais quel banquet d'actionnaires, Villevierge, qui avait le musigny mélancolique, descendait d'assez mauvaise humeur l'avenue de
Friedland : il héla un ou deux cochers pour retourner rue des Lions-Saint-Paul, car Mme Villevierge
devait se servir de la voiture, mais ces hommes
du peuple sont si fiers de marcher à vide, qu'ils ne
daignent même plus répondre.

Il tombait une de ces petites pluies lancinantes
qui font l'effet de pichenettes liquides : un piéton
mouillé n'a jamais les mêmes dispositions d'esprit
qu'un piéton bien sec ; Villevierge, sur le point de
bouder son siècle, se disait :

— Si encore j'allais au-devant d'une bonne fortune, je ne regretterais pas mon chapeau neuf.

Et il eut la douleur de voir, au coin de la rue
de Courcelles, ce tableau classique : un monsieur
bien mis, offrant son parapluie à une très-gentille
demoiselle de magasin, effarouchée par la rencontre, mais apprivoisée par le mauvais temps.

— C'est mon ancien métier ; je le faisais mieux
que cela. Cette petite-là méritait un meilleur sort.

Combien y a-t-il de femmes qui doivent leur
chute à une averse ! quels entremetteurs que les pa-
rapluies, la porte cochère ou le fiacre ! Villevierge
avait sur la conscience quelques-unes de ces vic-
times de l'intempérie — section des inondés.

Le hasard l'amena devant une façade magnifi-
quement éclairée : la lueur se projetait jusque sur
la chaussée ; deux grandes portes ouvertes à deux
battants laissaient défiler des équipages, si neufs
qu'ils avaient l'air de sortir de chez le carrossier.
A l'angle de l'habitation, une queue de véhicu-
les de louage se renforçait de quart d'heure en
quart d'heure ; les grosses réceptions déterminent,
comme on sait, de factices stations de voitures.

Il aurait fallu bien mal savoir son Paris pour
ne pas reconnaître l'hôtel de madame d'Aval,
une des illustrations de la galanterie militante.
Après bien des logements dont le prix avait
toujours été en augmentant, le ciel avait béni
ses efforts : elle qui avait commencé par la
chambre garnie, finissait par l'immeuble. N'était-
ce pas bien juste, puisqu'elle portait une grande
croix d'or au col et que son rêve était de devenir
dame patronesse à Ligouville-sur-Mer (Calvados)?

C'était un tout jeune homme, fils d'une femme
de plaisir, qui avait été en même temps une femme
d'affaires de premier ordre, c'était, disons-nous,
un frais héritier de dix-neuf ans, qui, le mois
passé, avait offert à madame d'Aval cette demeure princière : ce qui venait de la flûte re-
tournait au tambour.

— Voilà qui est d'un noble exemple, disait un
des nombreux imbéciles que madame Michelard
avait mis sur la paille, ce bon Alfred va nous
rendre nos capitaux.

Madame d'Aval, qui était de la noblesse de

papier timbré, avait bien fait quelques difficultés
pour se *mettre* avec un adolescent qui s'appelait
tout bonnement Michelard, car elle comptait des
ducs dans son roulement de protecteurs, et cette
nouvelle Marion n'aimait pas les Didier de rien.

— Voyons, mon petit ami, lui avait-elle dit en
lui tapant sur les joues, vous n'auriez donc pas pu
prendre le nom d'un de vos pères?

Alfred avait délicieusement rougi de plaisir en
recevant cette insolence, et s'était dépêché d'a-
cheter une petite terre pour pouvoir se faire un
état civil convenable; il avait bien pensé d'abord
à s'intituler d'Alfred, comme cette hardie coutu-
rière qui mettait sur ses cartes : *Madame de
Louise*, mais on est si sévère aujourd'hui dans
le quart de monde, et l'on y répugne si aristocra-
tiquement aux mésalliances, que force avait été au
jeune Michelard de tirer d'un département du
centre sa nouvelle qualité; il s'appelait donc, à
partir du 16 octobre, monsieur Alfred de Lanièvre : il étrennait sa nouvelle étiquette sociale.

En conséquence, il y avait ce soir-là, avenue

Friedland, la plus magnifique pendaison de cré-
maillères variées ; des valets dé pied poudŕés
et en livrée rouge ouvraient les portières ; un
escalier tellement jonché de fleurs qu'il avait l'air
d'un jardin montant, conduisait les invités aux
salons de bal : des hallebardiers majestueux les
annonçaient ; au delà, on entrevoyait un immense
frou-frou dans un immense resplendissement.

Le baron, qui n'était plus de ce monde depuis
qu'il appartenait au Paradis, demanda à un cocher
qui lui parut bon enfant ce que c'était cet étour-
dissant gala.

— Monsieur n'est donc pas de Paris, répliqua
avec une intention protectrice un autre cocher
d'une suprême élégance, le Brummel des cochers,
tout le monde sait pourtant la grande nouvelle :
c'est madame d'Aval qui inaugure.

O fragilité du cœur humain ! il aurait dû être
bien égal à Villevierge d'apprendre cette turpitude
du destin ; il devait bien comprendre aussi que
décemment on ne pouvait plus penser à lui pour
une cérémonie aussi profane, et, oubliant qu'il

était défunt pour cette vie-là, il fut, sans s'en
rendre compte, blessé de ne pas avoir reçu d'invitation.

Au moment où il jetait un coup d'œil de con-
voitise posthume sur cette serre chaude de fruit
défendu, un fringant sportsman descendait d'un
joli coupé qui avait de grands succès au bois.

— Comment ! c'est vous, baron ! que diable venez-
vous faire ici, vous qui êtes retiré de la circulation ?

Ces mots : *retiré de la circulation,* résonnèrent
désagréablement à l'oreille de Villevierge, qui riposta :

— Alors, mon cher Paul, vous croyez que je
ressemble aux pièces de monnaie qui ne passent
plus ?

Les débutants ont toujours au fond une certaine
tendresse pour les anciens premiers rôles de leur
emploi. Le jeune sportsman reprit avec déférence :

— Comment donc, mon cher baron, qui est-ce
qui se permettrait de vous refuser ? *Passez* donc
le premier, je vous prie.

Et il engagea presque malgré lui Villevierge sous le vestibule.

Une mauvaise honte fit le reste : le baron n'osa plus reculer.

— Bah! après tout, se dit-il, c'est comme si j'allais à une première ; je n'ai pas de coupon, mais je suis invité de naissance.

Et il monta lestement l'escalier de la perdition.

Ce fut précisément madame d'Aval qui reçut les deux amis ; cette infatigable lutteuse, qui était à sa cinquième incarnation, se défendait si bien à coups de perles et de diamants, soutenant avec des toilettes ruineuses une forte arrière-garde de beauté, qu'on nourrissait encore pour elle l'espérance de lui voir couronner la classe de 1873; d'ailleurs, à chaque lustre de plus, elle abaissait de quelques années le chiffre de l'âge légal de ses fermiers-adorateurs; à l'époque où se passait cette histoire, madame d'Aval n'en était encore qu'aux adultes; les prophètes de malheur craignaient qu'elle ne descendît aux impubères.

A peine ce semis vivant de pierreries eut-il

aperçu notre héros qu'il s'écria avec la bonne
humeur que donne le triomphe :

— Ah! baron, que c'est donc aimable à vous de
ressusciter pour moi ! voilà une surprise qui n'é-
tait pas sur le programme.

— Vous me pardonnez mon indiscrétion, ma
chère Laura ?

— Ce que je ne vous aurais pas pardonné, c'est
votre discrétion. Venez que je vous montre... Non,
attendez, votre vue arrêterait la valse; en attendant, je veux vous présenter à M. de Lanièvre.

— Alfred, dit-elle au fils Michelard, qui jetait
sur le nouveau venu un regard ombrageux, M. le
baron de Creil, dont je vous ai si souvent parlé ;
puis, s'adressant à Villevierge : Mon cher baron,
M. de Lanièvre, qui vient de gagner le grand
prix de Bruxelles.

Le maître et l'apprenti échangèrent un salut qui
restait sur la défensive.

— Est-ce que c'en est encore un, murmura
Alfred en se penchant vers madame d'Aval.

— Méchant ! lui glissa-t-elle, comme si elle

faisait passer dans ses cheveux la caresse de sa
parole, tu sais bien qu'ils ne sont que sept à
peine.

La valse venait de finir, et l'attention générale
n'étant plus prise par la frénésie de la rotation à
grand orchestre, un groupe s'était vite formé autour
de Villevierge.

— Le baron de Creil! fit avec surprise un chœur
des deux sexes.

— Un lanceur retour de l'Inde!

— Non, je parie qu'il s'était dit, comme Chris-
tophe Colomb : Il doit y avoir là-bas des femmes
nouvelles, et qu'il était parti pour cet endroit-là ;
qu'est-ce que tu as découvert ?

— On avait dit de toi : Encore un homme à la
mer! s'écria mademoiselle Poussecafé. Ventre-
seingris! la mer ne rend pas que des cadavres ;
quelle bonne mine tu as!

— Comment donc! son soupçon de calvitie s'est
dissipé, fit observer Pauline du Sud, qui était
sur le point d'inventer l'*Eau des Sirènes*.

Le baron, ne voulant pas se compromettre, répondait par des shake-hand pénétrés.

— Tu nous restes ce soir; nous avons un grand
souper, suivi d'un baccarat-monstre.

— Jusqu'à minuit seulement, fit Villevierge
avec timidité.

— Oh! mesdemoiselles, c'est trop drôle, s'écria
Méphistophéline, une Cendrillon mâle!

— Qui ira bourgeoisement retrouver ses pan-
toufles.

— Le quadrille, mesdames! le quadrille!

— Je retiens le baron, articula impétueusement
madame du Titien.

C'était un des maréchaux du cancan, ajouta-
t-elle.

— On a la rage de tout mettre à l'imparfait
quand on parle de moi, répondit en souriant Villevierge. Si je voulais... mais je ne danse plus.

— Comment! monsieur, vous auriez le courage
de me refuser, reprit une voix d'ingénue qui avait
fondu des capitalistes.

Villevierge avait devant lui la plus jeune sœur,

de quatre demoiselles qui venaient successive-
ment de faire une haute fortune, et ce n'était pas
le dernier espoir de la famille.

Moitié par complaisance pour ce petit ange dé-
chu qui semblait encore avoir des ailes, moitié par
désir de ne plus être le point de mire de la
curiosité générale, notre héros se confondit modestement dans les rangs des danseurs.

Une bande de musiciens en délire entama d'une
façon à la fois magistrale et furieuse, une ritour-
nelle de la *Belle Hélène*.

Alors commença, du côté des hommes, le quadrille des convulsionnaires en cravate blanche.

Le baron s'était promis d'être un modèle de
cant dans le débraillement, comme s'il représentait l'ordre faisant la pastourelle avec l'anarchie.

Mais le diapason universel ne lui permit pas
de conserver cette note discrète, et, entraîné lui-
même par la fièvre du mouvement, il exécuta avec
une pureté des plus provoquantes un de ces
cavaliers seuls, où les gens du monde éclipsent
tous les Clodoches de la terre.

Un hourrah enthousiaste accueillit cet exercice de la haute école. Après le quadrille le baron fut porté en triomphe, et défila devant une haie de magnifiques épaules nues ; en quelques minutes d'oubli, il venait de retrouver sa popularité.

Il savourait avec une volupté rétrospective cette atmosphère capiteuse, il interrogeait curieusement ce personnel où les recrues ravivaient avec grâce la cohorte des vétérans, et, consolation ineffable ! parmi ces prétoriennes de l'avenir, il n'aperçut aucune physionomie de séductrice irrésistible ; il eut donc la joie de prendre pour de la vertu ce qui n'était que l'absence de tentation.

— Je n'aurai rien à regretter, se disait-il, avec componction, mais je l'ai peut-être échappé belle; on ne m'y reprendra plus.

Un souper-monstre suivit cette laborieuse sauterie qui eut fatigué des clowns. Le baron qui avait l'esprit de ne jamais manger aux banquets officiels, se sentait en appétit. Le hasard ou plutôt sa qualité de roi du bal, le plaça entre Mme d'Aval et Mlle Tchinka, une jeune aspi-

rante qui faisait son premier faux pas dans le faux
monde.

Le repas fut très-animé : le baron sûr de lui-
même et résolu à n'avoir que quelques truffes
sur la conscience, s'abandonna à cette verve des
anciens jours à laquelle le mariage avait mis une
sourdine ; domicilié en terre sainte, il faisait tout
bonnement une visite de politesse à Satan. Le
menu de la conversation ne fut peut-être pas aussi
brillant que le menu de Chevet, mais les extra-
vagances toutes froides se croisèrent convena-
blement avec les anecdotes toutes chaudes, et l'on
fit circuler des sophismes bien frappés.

Mlle Tchinka s'épuisait en attentions délicates
auprès du baron ; mais ce Bayard des maris voulant être sans reproche pour être sans peur,
parait avec une ingénieuse courtoisie ces savantes
attaques.

— Ah ! si j'avais dix ans de moins ! lui dit-
il à l'oreille par manière d'acquit.

— Mais quand vous auriez dix ans de plus,
où serait le mal ? riposta l'innocente enfant.

Alfred de Lamièvre était plongé dans une suprême extase ; il savourait cette macédoine de pronoms possessifs : *son* luxe, *sa* maîtresse, *son* avénement dans le *high life*. Mme d'Aval lui jetait à la dérobée des regards tendres qui valaient deux saphirs la pièce.

Le service se faisait dans de la vaisselle plate aux armoiries d'une grande famille dont il serait trop cruel de dire le nom ; la livrée, comme si on avait augmenté ses gages pour qu'elle gardât son sérieux, observait une sévère étiquette.

Il y eut un cri de sensibilité adorable lorsqu'en brisant la coque d'un nougat majestueux, on vit s'échapper de cette prison de sucre et d'amandes, quatre ou cinq couples de bengalis qui se mirent à voltiger effarés : les pauvres oiseaux furent couverts de baisers maternels ; les plus dures usurières voulaient les adopter.

— Et l'on ose prétendre, s'écria le vicomte de Valièfle, que les femmes n'ont pas de cœur ! peut-on plus sincèrement aimer les habitants de l'air !

Une volière qu'on inaugurait comme les salons

reçut ces orphelins qui venaient de trouver tant
de mères. Il était temps, les larmes allaient couler.

C'est alors qu'une voix imprudente prononça le
nom de Philinna.

— Quelle merveille! disait l'une.

— C'est le type le plus extraordinaire qui ait
paru depuis vingt ans, reprenait l'autre.

— Comment avez-vous oublié Philinna ? ma
chère madame d'Aval.

— Qu'est-ce que vous voulez, elle n'a pas un
bijou à se mettre.

— Elle est vraiment belle, n'est-ce pas?

— Elle n'est pas belle, c'est la beauté elle-
même. Mais j'y pense, ajouta-t-elle en se tour-
nant du côté du baron, il faudra qu'on vous présente à cette admirable créature ; c'est la perle
des îles Ioniennes.

— J'ai renoncé à tous les protectorats, ma
bonne Laura, répondit doucement Villevierge.

— Ah! parbleu! s'écria Mme d'Aval, si j'avais
un prix Monthyon sur moi, je vous le décer-
nerais; voilà ce que j'appelle un mortel ver-

tueux ! refuser de connaître la Vénus antique qui daigne reparaître en 1869 ; vous mériteriez d'être interdit pour dix ans de vos droits d'homme galant.

Villevierge accepta sans sourciller ce brevet de barbare, mais il avait écouté attentivement les éloges décernées à Philinna, et il s'était fait la réflexion suivante :

— Pour que des femmes puissent dire du bien d'une autre femme, il faut vraiment que ce soit la huitième merveille du monde.

— Comment expliquez-vous, demanda l'une des assistantes, que ce marbre de Páros sculpté par Phidias n'ait pas encore trouvé d'acquéreurs ?

— Les connaisseurs sont si rares, reprit Mme d'Aval en exceptant par un coup d'œil Lanièvre de cette critique ; c'est l'histoire des Delacroix et des Prudhon qu'on payait cinq cents francs et qui valent maintenant cent mille écus.

— Où ce chef d'œuvre est-il en dépôt ?

— Chez Mme Hagénin, qui ne s'en désaisira que contre de fortes garanties.

Ce fut sur ce mot qu'on se leva de table pour
se rendre au tapis vert, pendant que beaucoup
de tête-à-tête s'établissaient dans la grande serre
attenant au salon.

Le baron se mit d'abord à la ponte, puis mû
par je ne sais quel pressentiment, tailla une
banque et ramassa lestement cinquante mille
francs dont il éparpilla adroitement des poignées
de louis.

Il était quatre heures, il jugea de toute façon
prudent de s'esquiver.

— On vous attend ce matin à Aix-la-Chapelle?
s'écria Pauline du Sud.

— Comment! à Aix-la-Chapelle ! fit le baron,
qui avait oublié son argot.

— N'est-ce pas là que Charlemagne...

— Ah ! parfait ! Eh bien, je joue ma couronne
en un seul coup de cartes ; qui est-ce qui me
tient les cinquante mille francs que j'ai eu l'honneur de gagner ; je ne veux pas m'engraisser de
la sueur des pontes.

— Je vous fais les cinquante mille francs, répondit négligemment M. de Lanièvre.

Villevierge abattit un neuf d'une incomparable
beauté.

— Votre revanche ? fit-il au jeune amphytrion.

— Je ne m'emballe jamais, reprit sentencieu-
sement le fils de 'la Michelard, et il tendit au
baron un chèque sur son banquier.

Le baron eut une inspiration sublime ; il s'é-
clipsa, donna un louis à un cocher qui le mena
ventre à terre chez Mellerio, qu'il fit réveiller
d'autorité pour communication urgente, et, trente-
cinq minutes après, montre en main, il repa-
raissait pour offrir à Mme d'Aval une aïgrette
de diamants qui valait plus de cinq cents louis ;
il se munissait également pour une autre personne d'un collier de perles rouges d'un prix fou,
car c'était avant tout l'homme des compensations.

— A l'avenir, dit Mellerio en le congédiant, il
faudra qu'on fasse poser des sonnettes de nuit à
la porte des joailliers.

On se pâma à la vue de cette éblouissante

surprise, et de Lanièvre dit au baron avec une
autorité comique en lui tendant la main :

— Touchez là, vous êtes un vrai *gentleman*.

— Il n'y a pas de quoi, répliqua modestement
Villevierge, un peu humilié de cette sanction.

Et, se dérobant aux avances de l'enthousiasme,
il regagna la rue des Lions-Saint-Paul, en laissant avenue Friedland la réputation d'un Joseph
à la vingtième puissance.

Il savait bien déjà, le misérable, chez qui il ne
devait pas laisser son manteau, et comme, somme
toute, la menace de sa femme n'avait pas laissé
que de le rendre un peu rêveur, il n'était pas
fâché, sur le point de commettre une scélératesse,
de s'être fait délivrer un certificat de prudhomie.

Car, on l'a déjà deviné, il songeait à Philinna ;
sa conscience murmurait de ce que rêvait sa curiosité ; mais comme on apaise par des présents
les dieux irrités, il cherchait par des attentions
à apprivoiser ses remords.

Il était cinq heures du matin lorsqu'il rentra,
déjà sur la pente de la rechute, dans la maison

où l'on espérait qu'il avait trouvé la rédemption.

Il trouva dans le grand salon, superbement éclairé, Mme Villevierge en costume de bal et rayonnante comme si elle se rendait à une fete. La stupéfaction du baron fut sincère ; il s'attendait à voir Thérèse couchée et à profiter de toutes les indécisions du demi-sommeil pour excuser sa rentrée tardive.

— Vous êtes-vous bien amusé chez Mme d'Aval ? lui demanda-t-elle avec une voix où la colère faisait trembler la raillerie.

— Permettez-moi, ma chère, lui répondit-il avec un peu d'aigreur, de vous féliciter de votre police ; le Code disait bien que la femme doit suivre son mari, mais je ne savais pas qu'il ajoutât qu'elle doit le faire suivre.

— C'est que vous ne connaissez pas l'édition à l'usage des femmes.

— Cette surveillance était peut-être un peu inutile, car je comptais tout vous confesser ; mais puisque vous êtes si bien informée, voulez-vous bien me dire quel délit réel j'ai commis ?

— Le délit, c'était votre présence en un pareil lieu.

— En tous cas, vos limiers ont dû vous dire...

— Mes limiers, c'est moi, répondit-elle avec un sourire involontaire. Je passais devant ce bal public; un embarras de voitures a obligé mon coupé de séjourner là quelques minutes, et je vous ai vu entrer il y a de cela cinq heures et demie.

— Eh bien ! je regrette que vous ne fassiez pas une enquête ; vous verriez quel certificat d'innocence on m'a délivré dans cet endroit de perdition.

Cela fut dit avec un tel accent de bonne foi que le regard de Thérèse perdit de sa sévérité. Le baron en profita pour demander à sa femme la raison de cette toilette nocturne.

— Décidée à vous attendre, m'ennuyant avec une progression inquiétante, voulant d'ailleurs vous montrer que je veillais, je me suis amusée à m'habiller, comme si je me recevais moi-même en grande cérémonie.

— Je suis d'autant plus charmé de ce caprice, reprit Villevierge, qu'il me permettra mieux de juger de l'effet d'une bagatelle que je vous apporte.

Et il présenta à Thérèse l'écrin qui contenait le collier de perles rouges.

Mme Villevierge n'eût pas été femme si elle n'avait pas tout d'abord et presque instinctivement essayé cette parure, qui se détachait admirablement sur le satin mat de sa peau blanche.

Puis, par une seconde intuition, elle détacha plus vivement encore le collier et sembla le repousser loin d'elle.

— Gardez-le, fit Villevierge d'un ton suppliant, il vous va si bien !

— Allons, répliqua-t-elle, je vois que vous voulez acheter mon pardon ; je devrais peut-être penser au *Timeo Danaos*.

— Peste ! pensa le baron en évoquant le souvenir de Philinna, elle ne croyait pas si bien dire.

Mme Villevierge était si belle ainsi, que notre

héros chassa tous les rêves concernant les œuvres
de ténèbres pour s'absorber dans cette pure lumière.

Mais, quelques jours après, l'image idéalisée
de la beauté inconnue reprit possession de son
esprit malade, et il composa ainsi avec ses scrupules :

— Après tout, si j'ai été pris, ce n'est pas le
commencement d'un système, c'est l'effet d'un
simple hasard. Que faut-il ? Être plus vigilant que
la vigilance ; avec la circonspection voulue, je
puis bien risquer un œil chez Mme Hagénin.

XXV

MADAME HAGÉNIN.

Pour peu que vous accomplissiez vos devoirs de théâtre, sans avoir besoin d'être un fervent fidèle des *premières*, il est difficile que vous n'ayez pas aperçu Mme Hagénin, qui occupe généralement une de ces petites loges de trois places, où l'on ne tient que deux, avec une jeune personne qui *vient de paraître*, comme on dit des ouvrages nouveaux.

Mme Hagénin est, en effet, pour les débutantes
qui désirent se faire connaître, un des meilleurs
éditeurs de Paris ; quand, avec son flair très-
exercé, elle devine, dans une beauté qui s'ignore
autant qu'elle est ignorée, une de ces personna-
lités féminines capables de rencontrer la vogue
et de faire sensation, elle la conduit habilement
des bras d'un amant obscur aux bras d'un amant
en vue ; elle s'établit à la fois son gérant, sa
dame de compagnie, sa teneuse de livres et son
porte-respect, si l'on ose s'exprimer ainsi, épouse
son luxe, dîne à sa table, roule dans ses voitures,
prélève de brillants bénéfices sur sa splendeur ;
puis, quand elle a suffisamment stylé cette recrue
et exprimé ce succès, Mme Hagénin, qui ne
s'endort jamais sur les exigences de la mode,
convole en nouvelles noces avec un autre auteur
qui donne de fraîches espérances.

Ces mariages-là durent environ de dix à quinze
mois ; pendant plusieurs saisons, Mme Hagénin
et cette jolie fille adoptive sont inséparables ; on
les rencontre ensemble aux courses, au bois,

aux eaux, au spectacle. Les tiers se plaignent
même parfois de la persistance de ce duo ;
mais que voulez-vous ? l'amitié est exigeante :
quiconque n'invite pas Mme Hagénin est sûr
d'être privé de la présence de Mlle Juliana ou de
miss Tramson ; on n'a pas l'une sans l'autre,
c'est à prendre ou à laisser. D'ailleurs, que ne
fait pas la Hagénin pour aider à l'illusion ! C'est
une femme de quarante-sept ans, à laquelle on
n'en donnerait pas plus de cinquante ; elle porte
les mêmes costumes que sa jeune amie, arborant
comme elle les nuances les plus claires ; elle se
coiffe des mêmes chapeaux, elle pousse la coquetterie jusqu'à se parer des mêmes bijoux (il faut
tout donner en double quand on fait un cadeau
à la protégée-protectrice de Mme Hagénin). C'est
une touchante symétrie ; on dirait presque d'une
sœur aînée ravagée moins par le temps que par
la sollicitude.

. Car quel cœur et quel dévouement que cette
indispensable confidente ! avec quelle vigilance
elle avertit la novice relative à la garde de qui

elle se prépose ! C'est elle qui lui dit d'un ton sans réplique :

— Ne prenez pas le vicomte ; il ne lui reste pas cent mille francs, et encore c'est en valeurs mexicaines.

C'est elle qui lui soufle aussi :

— N'aimez jamais que sur première hypothèque !

Comme elle éloigne magistralement les parasites qui comptent sur des billets de faveur ! Sa sainte horreur du *gratis* ne laisse approcher que les gros bonnets ; elle n'écoute même pas les enfants qui prétendent ne payer que demi-place ; c'est la Sagesse menant la Folie par le bout du nez ; c'est la maturité qui communique au printemps les avantages de l'automne ; Mme Hagénin met du plomb dans les cervelles les plus légères, comme elle met de l'or dans les tiroirs les plus vides.

Une femme qui veut parvenir végète tant qu'elle n'a point passé par le patronage de cette lanceuse brevetée qui s'est constituée un des

oracles du boulevard ; sa haute intervention dé-
termine tout de suite la hausse formidable de ce
qui n'était même pas coté, et, puissance de l'as-
sociation, un reflet de ces jeunesses successives
qu'elle commandite tombe si habilement sur
Mme Hagénin qu'elle arrive parfois à être aimée
pour elle-même ; avec les vingt ans d'autrui
qu'elle affiche et les quarante-sept ans qu'elle
cache pour son propre compte, elle se fait une
moyenne ; au reste, de même qu'au tapis vert
il y a la carte forcée, de même elle aurait inventé
l'hommage obligatoire. Essayez un peu de trouver que Mme Hagénin n'est pas une primeur ;
vous serez banni pour six mois du territoire de
la galanterie et de bien d'autres.

Car Mme Hagénin n'est pas un simple cha-
peron des demoiselles qui veulent être bien re-
gardées, c'est aussi une puissance à sa manière.
Elle a un petit hôtel et un grand crédit ; on la
consulte sur les affaires, sur les modes nouvelles,
sur les chances des divers partis. Il y a des gens
bien informés qui assurent qu'elle conspire et

qu'elle a fait une fois, en tout bien tout honneur, un académicien ; mais la vérité est qu'elle ne demande qu'à se retirer aux champs avec quatre-vingt mille livres de rente et à faire du bien aux pauvres après avoir fait tant de mal aux riches.

Une fois, sa hauteur fut mise à une rude épreuve : elle avait besoin d'une femme de chambre ; une veuve dont l'état était de fournir des domestiques des deux sexes, vint lui proposer une véritable perle, mais elle parla un peu familièrement à Mme Hagénin, qui, possédant au plus haut point le sentiment de la hiérarchie sociale, fit observer assez superbement à l'interlocutrice son manque de respect.

— Que voulez-vous, madame, *entre placières* ! répondit la veuve, piquée de la remontrance.

Inutile d'ajouter avec quelle spontanéité les gens de Mme Hagénin reconduisirent l'audacieuse, dont le commerce fut totalement ruiné à partir de cet imprudent propos ; les crimes de lèse-majesté se pardonnent toujours, mais on n'offense pas impunément les majestés de contrebande.

Surtout, qu'on n'aille pas faire à Mme Hagénin l'injure de la confondre avec ces vulgaires
spéculatrices qui émettent la jeunesse comme
des actions au porteur ; c'est moins par intérêt
que par l'amour de l'art que cette Influence daigne
apparaître sur le marché ; elle éprouve pour ses
sujets un peu de la vanité qu'un auteur arrivé met à imposer au public un nom inconnu ;
plus d'une fois Mme Hagénin a pu dire en voyant
telle de ses favorites sur le point d'aboutir au
mariage, en ayant pris le plus long :

— Pauvre petite ! c'est moi qui l'ai empêchée
de mal tourner.

Car il y a des privilégiées qui, pour d'intré-
pides épouseurs, un Anglais blasé, par exemple,
ou un impatient de la nouvelle couche sociale,
représentent le banal bouquet de fleurs d'oran-
gers par un magnifique bouquet d'amants.

Cependant, comme tout passe en ce monde,
excepté la sottise noire, le prestige de Mme Hagénin commençait à se discuter, quand sa bonne
étoile fit débarquer à point chez elle la fille d'un

bandit hellène qui n'attendait, disait-il, qu'une crise pour être ministre. La tête de Kalambokki se trouvait mise à prix, et un touriste, qui était un ancien conducteur de cotillon, avait cru original d'expédier à Mme Hagénin la petite Philinna, qui rêvait le théâtre, comme son père rêvait le portefeuille légal, après avoir ravi tant de portefeuilles particuliers.

XXVI.

PHILINNA.

Rendons cette justice au baron de Creil ; le
jour mémorable où, après avoir longtemps déli-
béré avec sa conscience, il se rendit chez Mme Hagénin, sous prétexte d'assister à un conseil de
surveillance, son plus vif désir fut de trouver la
jeune Grecque au-dessous de sa réputation.

— Cependant, lui disaient ses pressentiments,

il faut que cette fille de la mer Ionienne soit effroyablement jolie pour que la jeune et la vieille gardes, qui ne sont pas tendres aux nouvelles venues, chantent à l'envi ses louanges.

— Tu sais bien, lui répliquait son expérience, que les femmes ne se connaissent pas en vraie beauté ; le regard d'un artiste défait, en quelques secondes, l'œuvre de leur engouement ou de leur mépris. D'abord, le type grec n'existe plus qu'à Arles ; les Céphaloniennes ont l'air d'Italiennes manquées ; les Athéniens sont de faux Albanais ; aujourd'hui Alcibiade émigrerait dans la Provence.

Ce fut partagé entre ces deux courants contraires, car il y a, dans chacun de nous, un optimiste et un pessimiste, qui passent la vie à se duper réciproquement, que le baron se présenta chez Mme Hagénin.

La maîtresse-femme reçut Villevierge avec une feinte surprise.

— A quoi dois-je l'honneur de votre visite ? demanda-t-elle, comme si elle parlait à un revenant qui aurait été, de plus, un étranger.

Par un instinct de pudeur, qui se rencontre parfois chez les plus effrontés, le baron n'osa pas tout de suite confesser le véritable motif de sa présence, et avec une galanterie d'un autre règne, il répondit :

— Trouvez-vous donc mauvais qu'on ait du plaisir à revoir ses amis, chère Mme Hagénin?

— Comment donc ! c'est d'autant plus gentil à vous, que vous affectiez de ne plus me connaître.

— Dites que simplement je marquais la nuance ; je rompais avec mon passé.

— Et aujourd'hui vous voulez renouer?

— Oh ! rester en bons termes, voilà tout ; cela repose tant de causer de ses fatigues ! avons-nous travaillé ensemble, et quel excellent camarade d'atelier vous étiez ! mais moi, j'ai beaucoup perdu, et vous, vous êtes restée la même.

— Vil flatteur !

— Dans tous les cas, nous sommes deux pour vous tromper, moi, et le petit comte Alaneski...

— Oui, il veut m'épouser, mais je refuse...

— On a des principes ou on n'en a pas.

— Ah! ça, d'où sortez-vous? ancien mauvais sujet!

— Mais de chez moi, tout bonnement, répondit allègrement Villevierge, qui croyait avoir gagné du terrain.

— Oui, je sais bien, vous avez fait une fin; cela m'a bien amusée, quoique, grâce à vous, j'aie perdu une discrétion : franchement on pouvait vous prendre à quinze contre un; si j'avais jamais pensé que vous vous marieriez, je veux être damnée.

— Comment, encore!

— Merci! Oh! il a dû y avoir un mystère là-dessous : le baron de Creil et la mairie ne pouvaient se regarder sans rire.

— Je vous promets pourtant qu'ils ont l'un et l'autre gardé leur sérieux; mais comme c'est joli chez vous, ma chère, quelle installation bien comprise! on voit que vous suivez les ventes, voilà des émaux cloisonnés que je ne vous connaissais pas; montrez-moi donc toutes vos ri-

chesses. C'est votre salle à manger par là, demanda-t-il en écartant une portière, n'avez-vous
pas un certain bahut Henri II ?

Mme Hagénin, qui s'était levée de bonne humeur
ce jour-là, — c'était la fête du détachement du
coupon, — ne chercha même pas à réprimer un
léger accès d'hilarité polie.

— Je ne croyais pas être si plaisant que je
suis, fit le baron en faisant, presque sans le
vouloir, une citation classique.

— Voyons, nous sommes de vieux complices,
est-ce que vous croyez que je ne vous devine
pas ? ce n'est ni pour moi, ni pour mes chinoise-
ries que vous me régalez de cette apparition :
vous avez entendu parler de Philinna.

— J'ai ouï dire, répliqua le baron du ton le
plus indifférent du monde, que vous aviez, en
effet, une jeune esclave grecque, qui faisait partie de vos curiosités.

— Une esclave ! Est-ce que vous vous croyez
en Orient, baron ?

— Malheureusement, non.

— Ce qui ne vous a pas empêché d'être, en Occident, le plus fieffé *polygamin* de votre siècle, fit Mme Hagénin en tâchant de mettre deux insolences dans un seul mot.

— Où voulez-vous en venir? reprit Villevierge un peu inquiet.

— A cette conclusion désolante : Je ne vous ferai pas voir Philinna.

— Vous me parlez comme à un petit enfant à qui on refuse son joujou.

— Est-ce que vous avez réellement beaucoup plus de huit ans, baron?

— Comptez : mon père et vous étiez contemporains; allons, poursuivit-il avec un accent résigné, il faudra attendre votre vente pour connaître cette merveille, car vous la cataloguerez, n'est-ce pas?

En ce moment, comme par hasard, une porte sous tenture s'ouvrit timidement, et une jeune statue, qui semblait descendre d'un piédestal après avoir reçu le don de la vie, apparut dans le boudoir; un fourreau de batiste formant comme une draperie légère autour d'une sculpture idéale,

accusait ses formes délicates et pures ; la beauté
antique s'impose le plus souvent sous un aspect
majestueux et sévère : c'était la beauté antique
dans son expression mignonne, que les Grecs ne
dédaignaient pas plus que nous et dont on retrouve des types si fins dans les musées de
Naples et de Florence ; car le petit pied, par
exemple, n'est pas une dépravation du goût parisien ; regardez aux *Uffizi* ces gracieux marbres
de belles d'il y a deux mille ans, vous vous con-
vaincrez que la pantoufle de Cendrillon eût pu
se perdre dans le monde ancien tout aussi bien
que dans le monde moderne.

Le baron de Creil tressaillit comme s'il eût
subitement remonté le cours des âges et qu'il se
fût trouvé contemporain de Périclès, car il ne
songeait pas, sans quelque mélancolie, que le
passé ne lui avait jamais appartenu et que son
anthologie féminine était forcément incomplète.

Une occasion suprême s'offrit à cet amoureux
des onze mille beautés de jouir, pour ainsi dire,
de la possession rétrospective. Philinna de Cépha-

lonie, c'était évidemment la sœur cadette de la
jeune Grecque qui avait pour épitaphe : *O terre,
sois-moi légère ; j'ai si peu pesé sur toi !* En
avançant vers cette nouvelle conquête, il opérait
un recul magique de vingt siècles ; en effleurant
ce visage qui produisait l'effet du Paros fait chair,
il baisait à la fois toutes les effigies célèbres gra-
vées dans sa mémoire.

D'ailleurs, sans besoin d'aucun ressouvenir,
Philinna eût provoqué l'adoration : c'était l'innocence radieuse dans sa perfection classique ; le
feu des perversités parisiennes n'avait pas encore
allumé d'étincelle dans ces yeux cœruléens ; nulle
discordance triviale n'avait encore troublé l'harmonie de ces traits d'une tranquille noblesse ;
pas un artifice ne déshonorait ces cheveux noirs
naturellement ondés, toute sa personne exhalait
cette divine odeur de la jeunesse que l'oppoponax
et le ylang-ylang, ces deux parfums capiteux, ne
remplacent jamais et qui feraient rêver d'un
Rimmel céleste ou d'un Lubin invisible.

Cette lumineuse vision s'évanouit très-vite, car,

confuse d'avoir été indiscrète, Philinna, sans avoir
même prononcé une parole, sortit par où elle était
entrée, avec un mouvement de biche effarée ; mais
cette entrevue instantanée avait suffi au baron de
Creil pour admirer la valeur de ce trésor.

Il se retourna ébloui vers la dépositaire, dont la
physionomie exprimait à la fois le triomphe et le
dépit de l'amateur dont on a violé le sanctuaire,
mais dont on admire le goût.

— Eh bien ! Croyez-vous que ce soit un succès? fit-elle du ton d'un spéculateur qui viendrait
de découvrir un Corrége.

— Rien que pour ma part, je garantirais cent
représentations, répondit le baron de Creil avec
enthousiasme.

— Oh! vous, vous n'êtes pas en question ;
vous n'êtes pas un homme sérieux.

— Comment l'entendez-vous?

— Jamais je ne donnerais Philinna à un coureur...

— Je ne suis plus un coureur, puisque je suis
marié.

— Tiens, c'est vrai, reprit Mme Hagénin, avec cette fausse logique qui caractérise le monde interlope, mais vous seriez plus rangé encore que votre candidature n'aurait pas plus de chances. Nous attendons par le prochain paquebot un prince américain fort maigre, mais tellement riche qu'on l'appelle : la pluie de dollars qui marche.

— Comment! un prince américain! c'est le frère de l'amiral suisse alors ?

— William Baxton, avenue 134, à Springfield ; son rêve était de fonder une noblesse aux Etats-Unis, et à prix d'or il avait créé des vassaux qui le reconnaissaient déjà comme prince de l'Illinois ; la démocratie, qui ne plaisante pas, a rendu difficile à cet illuminé le séjour de son pays : le *prince* vient s'établir aux Champs-Elysées avec sa suite de millions, et il a décidé qu'il prendrait Philinna pour maîtresse en titre.

— Vous me faites des contes bleus, ma chère madame Hagénin.

— Êtes-vous de taille à soutenir la concurrence : un appartement complet, six mille francs

par mois et une voiture, plus une constance ga-
rantie deux ans?

— J'entends faire une position à Philinna, et
je vous donne déjà carte blanche pour les meubles.

— Prenez garde! ce sera cher.

— L'allégresse réduira le mémoire.

— Sincèrement, vous vous croyez capable de
vous fixer?

— Puisque depuis deux ans je n'ai pas bougé
de mon intérieur.

— Enfin, on voit des choses si étonnantes;
qu'est-ce que vous remettez comme arrhes?

— Cinquante obligations de l'Ouest, est-ce trop
méprisable?

— Je préférerais des obligations du Nord, mais
je veux être grande; seulement, j'y pense, vous
allez faire scandale, un jeune marié!

— Aussi vous demandé-je le secret absolu;
le protecteur de Philinna sera un prétendu comte
belge qu'on ne verra jamais : c'est en cette qualité
que vous me présenterez à Philinna et c'est vous
qui serez le vrai maître de la maison.

— Et le prince, qu'en ferons-nous ?

— Où est cet aristocrate unique en son genre ?

— Il est en train de réaliser en attendant qu'il idéalise.

— Eh bien, il prendra ma succession.

— Vous comptez n'avoir qu'une existence très-courte ?

— Courte, mais honorable ; je ferai assez bien les choses pour donner à votre prince l'envie de se ruiner.

— Allons, mauvais sujet, vous faites de moi tout ce que vous voulez. J'ai entendu parler de votre belle conduite au bal de Mme d'Aval ; vous ne voudriez pas tromper deux pauvres femmes. Je vous sacrifie donc mon Grand d'Amérique, mais songez-y bien, si vous lâchez Philinna avant que ce Yankee ne vous l'enlève, je crie votre histoire sur tous les toits.

— Chut ! il y va de mon repos, et je vous demande votre parole d'honneur de ne pas dire un mot de tout ceci.

— Je suis une serrure à secret : votre incognito
sera bien gardé.

— Je ne veux être qu'un amant masqué.

— Pour pouvoir rester un mari à visage découvert : c'est convenu.

— Et maintenant pouvez-vous m'introduire
auprès de ma future?

— Aucun de mes gens ne vous connaît?

— Aucun.

Mme Hagénin sonna : une mulâtresse se glissa
auprès d'elle avec une respectueuse morbidesse.

— Sarah, dites à mademoiselle Philinna que
j'ai besoin de lui parler.

La Céphalonienne reparut : elle portait l'ancien costume des îles Ioniennes tout blanc et
tout rose, avec force rubans ; elle était moins
déesse, mais plus femme.

— Ma chère enfant, dit Mme Hagénin, laissez-
moi vous présenter le comte Van Laère, qui
désire être de vos bons amis.

Philinna répondit sans chercher ses mots, car
elle parlait le français avec une grande pureté :

— C'est étonnant comme Monsieur le comte ressemble à un lieutenant de mon père qui a été exécuté l'an dernier à Athènes.

— Vous aimiez peut-être ce pauvre martyr? fit Villevierge d'un air attendri.

— Je n'ai jamais aimé personne, reprit-elle avec un accent de fierté farouche qui ravit le baron de Creil.

— En tout cas, je suis déjà heureux d'être ainsi moins un étranger pour vous.

— Ah! vous n'êtes pas si beau que lui!...

Cette franchise ne déplut pas à notre héros, qui s'écria avec conviction :

— Vous, vous êtes plus belle qu'elles toutes, et je vous prie de me traiter comme un compatriote.

— Alors, me permettriez-vous de vous poignarder si vous deveniez infidèle ? dit-elle en jouant avec un ravissant stylet qui était un cadeau de son père.

— Je vous en donne l'ordre, répliqua Villevierge, qui essaya d'amener à lui cette exquise barbare.

Mais elle s'échappa de ses mains avec l'impétuosité d'une biche devant le chasseur, et s'enfuit
en lui lançant un petit baiser à la fois voluptueux
et moqueur.

Après avoir arrêté, avec Mme Hagénin, le moment et les conditions d'une entrevue plus signi-
ficative, le baron de Creil s'éclipsa, flatté de penser
qu'il ressemblait à un bandit grec...

XXVII

L'AMANT MASQUÉ.

Ce ne fut pas sans une certaine émotion que
Villevierge franchit le seuil de la demeure conjugale, où il rentrait en coupable : le récidiviste doit
éprouver une nature de remords que ne connaît
pas le débutant dans le crime ; il en coûtait au
baron, après avoir si soigneusement disposé
l'oreiller de la trahison, d'affronter la loyauté

de l'alcôve légitime ; il appréhendait, malgré son
assurance, de se troubler devant ce profond regard
de sa femme, qui semblait descendre dans toutes
les cachettes de sa conscience : si, comme autrefois, il ne s'était agi que d'une fragilité passagère,
son remords n'eût pas duré plus que sa faute : il
y a de ces actes furtifs et sans suite qui n'ont pas
plus le temps de vous salir que la poussière lancée
par une voiture ne fait tache sur vos vêtements ;
dans l'un et l'autre cas, on se secoue et tout est
dit ; mais quand on vient d'organiser la perfidie,
quand on s'apprête à tromper avec méthode et à
déshonorer l'avenir, la souillure et le regret sont
indélébiles.

— C'est Mme Hagénin qui est responsable, se
dit-il pour s'étourdir ; je ne voulais passer à Creil
que les dix minutes réglementaires, elle me force
de m'y installer : je m'évaderai dès que j'aurai
remis les clefs de la maison.

Thérèse accueillit son mari avec une telle sérénité qu'il crut presque sa forfaiture couverte par
tant d'innocence ; les nuages vulgaires ne sem-

blaient pas d'ailleurs faits pour cet azur supérieur;
le point noir aura disparu de l'horizon avant que
ce ciel-là s'avise d'être menaçant, pensait-il, et
en même temps, comme l'approche d'une joie
nouvelle et le sentiment d'un tort à réparer nous
rendent plus tendres, jamais il ne fut aussi jeune
que ce soir-là.

— Serait-ce une révélation? dit-elle en oubliant
ses anciens griefs.

Jamais Mme Villevierge n'avait été plus sédui-
sante : jusqu'alors elle ne s'était livrée qu'à demi ;
elle allait se donner sans compter, quand dans
les caresses qui répondaient aux siennes, elle
rencontra comme une réticence involontaire ; la
bouche ne ment jamais tout entière : si la parole
peut tromper, il y a la qualité du baiser qui ne
trompe jamais.

Avec cette exquise et douloureuse perspicacité
qu'on pourrait appeler : la seconde vue du cœur,
Thérèse se sentit trahie avant la trahison effec-
tive, et par un retour foudroyant, sa vieille haine,
qui ne faisait que sommeiller en elle, se réveilla

plus terrible pour chasser l'amour, ce parvenu qui avait failli lui faire la loi.

Pour peu que Villevierge eût été moins agréablement distrait par de mystérieuses préoccupations, il ne se fût pas trompé au feu sombre de ces yeux peu exercés à l'hypocrisie ; mais si les aveugles ne voient pas, les aveugles ne regardent point ; d'ailleurs l'accueil que sa femme lui avait fait au moment même du danger avait exalté sa confiance en lui-même ; rassuré enfin par le luxe de précautions qu'il s'imposait, car il craignait les mauvaises langues, le baron de Creil s'abandonnait insensiblement à la douceur de cette symétrie parisienne : les deux ménages alternés.

Car, moralité corruptrice, la pratique du mariage avait déposé en lui des germes de fidélité, et ce délaisseur par excellence entendait pour la première fois garder une maîtresse : il est vrai que Philinna les résumait toutes, et qu'elle était une merveilleuse péroraison; toutefois, comme les discours les plus applaudis ont une fin, Villevierge entrevoyait dans un avenir prochain sa

libération définitive, et se félicitait loyalement de
pouvoir retourner sans arrière-pensée à sa femme,
qui dominait encore de toute la hauteur d'une
affection sérieuse ce futile et dernier caprice.

Nous ne sommes jamais des juges pour nous-
mêmes, nous ne sommes tout au plus que des
jurés : c'est en cette qualité que le baron se dé-
cernait des circonstances atténuantes; depuis plus
de trois semaines Mme Villevierge, qui voulait
observer l'ennemi plus à son aise et échapper en
même temps à l'odieuse idée d'un rôle partagé,
avait allégué un état de souffrance qui lui faisait
préférer la solitude ; au moins, se disait-elle, s'il
me trahit, j'aurai esquivé le baiser de Judas.

Villevierge supportait ce contre-temps avec une
aimable philosophie qui lui donna beaucoup à
penser, et un certain jour qu'il devait la croire
plus languissante que d'habitude et forcée de
garder la chambre, elle passa rapidement et par
une sorte de superstition sa première robe de
veuve, et sortit de l'hôtel quelques instants après
son second mari.

16.

Thérèse l'aperçut à deux cents pas devant elle, à une station de voitures : un coupé de maître passait à vide et le cocher fit à Mme Villevierge un petit signe à la fois malin et respectueux ; il venait de conduire son maître au chemin de fer et n'était pas fâché de gagner une aubaine avant de regagner l'écurie ; les temps sont si durs pour les domestiques ! Mme Villevierge monta vivement dans le coupé et donna l'ordre au cocher de suivre sans affectation un fiacre qu'elle lui désigna ; elle avait à peine fermé la portière qu'un petit papier blanc plié en quatre, et qui était pris entre les coussins, attira son attention ; elle l'ouvrit et lut presque machinalement ce qui suit :

« CHER AMI,

« Démarche nulle ; cette Philinna est ingénieusement gardée par Mme Hagénin pour un certain comte Van Laère qui est un véritable mythe ; il n'y a jamais eu ni dans la patrie du *faro* ni dans la patrie du genièvre de personnage de

ce nom-là. Quel est donc ce mystère : est-ce qu'on
nous prend pour un opéra-comique ?

« Ton féal,

« MAXIME. »

Thérèse ne put s'empêcher d'être frappée de
cette note qui s'offrait à elle au début d'une
campagne de découverte ; il y a des moments où
il semble que le hasard veuille vous faire des
révélations.

Pendant ce temps, le fiacre qui portait Villevierge et sa fortune longeait les boulevards, et
obliquant par le quartier du nouvel Opéra, montait
vers la rue de Constantinople, une rue où les
maris à plusieurs femmes se devraient de faire
bâtir une mosquée d'honneur, car avec tant de
Turcs dans nos murs nous n'avons pas un seul
temple mahométan.

A l'endroit le plus désert de cette grande
voie qui n'a d'oriental que le nom, le baron de
Creil descendit de son fiacre et entra tout bonnement chez un pépiniériste ; il avait bien remarqué

quelques minutes auparavant qu'un coupé était derrière lui, mais une voiture de maître n'avait pas éveillé ses soupçons : pour donner le change, il laissa son fiacre à la porte comme s'il allait ressortir. Mme Villevierge continua sa route : le baron entendit le roulement de la voiture qui s'éloignait, il respira librement.

Un quart d'heure après, Thérèse revenant à pied, entrait dans le jardin, et, s'adressant au maître de la maison, prétextait une acquisition de plantes rares.

— Est-ce que ce terrain est à vendre? demanda-t-elle au bonhomme qui la conduisait dans une serre.

— Si nous en trouvions un bon prix, fit le marchand, qui avait laissé passer deux fois la Fortune.

— Il y a une issue qui donne dans le jardin de la maison voisine?

— Oh! ce n'est pas une servitude.

— J'entends bien; qui est-ce qui demeure là ? on n'est pas fâché de savoir qui on a pour voisins.

— Une amie de Mme Hagénin, une jeune Grecque qui ne reçoit jamais personne, Mlle Philinna.

Il était sept heures du soir, on touchait au
mois de juin, l'air commençait à fraîchir ;
Mme Villevierge dit au marchand :

— Voulez-vous me permettre de me rendre un
peu compte de l'emplacement ?

— Examinez à votre aise, madame, pendant
que j'exécuterai votre commande.

Thérèse pénétra dans le jardin voisin, suivit
une charmille et aperçut des domestiques qui,
sous une tente, préparaient une table de deux
couverts.

Elle monta hardiment, et sans être vue, le
perron, ouvrit une première porte, puis une seconde, et trouva le baron de Creil aux genoux de
Philinna à demi couchée sur une causeuse.

— Je vous serais bien reconnaissante, mademoiselle, fit-elle avec calme, de me laisser dire
deux mots à monsieur, qui est mon mari.

La jeune Grecque, fort pâle, se leva, s'inclina
sans répondre et disparut.

— Thérèse ! fit le baron d'un air suppliant, quand Philinna fut sortie.

— Je vous avais dit que je me vengerais, monsieur, répondit-elle, je vous tiens parole.

— De grâce, parlez-bas ; que voulez-vous ?

— Vous pensiez avoir épousé une femme pure ; eh bien ! apprenez qu'un infâme avait abusé de moi avant que je devinsse votre femme.

— Et vous avez gardé le silence ! répondit avec rage le baron qui croyait reprendre l'offensive. Le nom de ce misérable, son nom !

— Il s'appelait Henri Villevierge, et je suis heureuse de l'entendre flétrir par vous-même.

— Quelle est cette sinistre plaisanterie ?

— La justice divine est plus sérieuse que vous ne pensez : rappelez-vous votre voyage de Montereau à Mâcon, le 5 septembre 1866. Me reconnaissez-vous maintenant ?

— Vous voulez me tromper, fit l'infortuné baron avec une dernière lueur d'espérance.

Elle lui donna des détails tellement précis qu'il ne put douter davantage.

— C'était vous ! fit-il avec accablement.

Sa mémoire venait d'être affreusement ra-
fraîchie.

— C'était moi, nous sommes quittes maintenant et vous ne me reverrez plus ; faites rentrer
votre salariée.

Thérèse était partie avant que Villevierge, ac-
cablé, eût songé à la retenir ; il remonta en voiture,
se rendit immédiatement à l'hôtel et l'attendit
toute la nuit. Elle ne reparut pas ; elle était allée
s'enfermer au couvent de Saint-Thomas-de-Vil-
leneuve, le refuge des femmes en litige avec leurs
maris.

Villevierge éprouva d'abord un immense dégoût : le seul bonheur qu'il eût goûté venait
d'être empoisonné par sa faute ; cette femme qui
s'était jouée de lui, il croyait la haïr mortellement ;
puis, au bout de quelques jours, il s'aperçut qu'il
l'adorait à perpétuité.

Châtiment d'ordre supérieur ! le baron de Creil
aimait pour la première fois de sa vie.

Depuis ce temps-là, l'ex-viveur erre comme

une ombre inconsolable autour du pieux *buen re-
tiro ;* il attend toujours que le hasard lui ménage
une entrevue, mais il attendra longtemps, car
celle qui fut madame Villevierge vit là comme si
elle était cloîtrée ; déliée de ses attaches terrestres,
elle est retournée avec ferveur à Dieu, ses premières amours, et si le sort la rendait libre, son
bonheur serait de convoler en troisièmes noces
avec l'époux céleste.

Le baron de Creil a donc bien peu de chose à
espérer, et son supplice n'est pas près de finir, car
il n'existe plus qu'une femme pour ce vulgarisateur
qui se plaisait tant aux expériences ; il est châtié
de sa mobilité terrible par la venue de l'implacable fixité : c'est le calvaire du papillon. Il y a
cent noms qu'on ne peut plus prononcer devant
lui ; il fuit ce qu'il recherchait avec tant d'ardeur.

Un ami qui le rencontrait dernièrement lui
disait :

— Mais voyons, tu oublies la fameuse défini-
tion de Chamfort : « L'amour est un échange de
fantaisies au contact de deux épidermes. »

Le baron répondit :

— Chamfort est un imbécile, avec tout son esprit ; c'est la Bible qui a raison quand elle dit : « L'amour plus fort que la mort ! ».

Et parfois ses yeux se mouillent en regardant certaine voilette.

P. S. — Philinna est maintenant tout à fait à la mode ; le prince de l'Illinois s'est *lynché* pour elle ; ce qui a valu à l'étrangère de grandes sympathies de l'autre côté du continent.

Un moment, il avait été question pour Philinna elle de *franchir Poseidon* et d'aller corrompre la eune Amérique, qui est, comme on sait, d'un puritanisme désespérant ; mais un proscrit qui jongle avec les millions, vient de fixer à Paris la merveille de Céphalonie ; on pense qu'elle va débuter dans la prochaine *Revue des Variétés*.

Que Zeus la bénisse !

TABLE DES CHAPITRES

Paris-Imp. PAUL DUPONT, 41, rue Jean-Jacques-Rousseau. — 177.2.3